sven stroh

SCHWARZ AUF WEISS
ERZÄHLUNGEN UND GEDICHTE

ÜBER DEN AUTOR

Geb. 1980 in Göppingen. Abitur (2000), Studium an der Universität Konstanz (sieben Semester Soziologie, Kunst-und Medienwissenschaften, deutsche Literatur, Philosophie). 2007 Abschluss als Marketing- und Kommunikationswirt (WFA) an der südwestdeutschen Akademie für Marketing- und Kommunikation e.V. in Stuttgart. Neben seinem Hauptberuf als Buchhalter betreibt der in Baden- Württemberg lebende Hobbyimker eine kleine Werbeagentur.

Mehr Infos auf **www.sven-stroh.de**

sven stroh

SCHWARZ AUF WEISS
ERZÄHLUNGEN UND GEDICHTE

 tredition

IMPRESSUM

© 2021 Sven Stroh

1. Auflage

Texte: Sven Stroh

Covergestaltung & Layout: Sven Stroh

Verlag und Druck:
tredition GmbH, Heinz-Beusen-Stieg 5, 22926 Ahrensburg

ISBN Hardcover: 978-3-384-01060-5

Bibliografische Information der Deutschen Nationalbibliothek:
Die Deutsche Nationalbibliothek verzeichnet diese Publikation in der
Deutschen Nationalbibliografie; detaillierte bibliografische Daten sind
im Internet über http://dnb.d-nb.de abrufbar.

Für meine Familie und Freunde.

ERZÄHLUNGEN

GEDICHTE

ERZÄHLUNGEN

BEGEGNUNG

Er schlenderte missmutig die Straße hinunter. Den Kopf zu Boden geneigt mit den Händen in den Taschen, wollte er nichts erkennen und empfinden, was sich in seiner Umgebung abspielte. Der Gehsteig war voller Leben. Menschen mit persönlichen Schicksalen, die stur und konsequent ihren Dingen nachgingen. An sein eigenes Schicksal dachte er jedoch nicht. Der Stau auf der Straße sowie der dadurch entstehende Lärm waren unerträglich geworden. Der Gestank der Autos, der in der Luft lag und wegen der hohen Gebäude nicht zu entrinnen vermochte, vernebelte die Sinne, doch selbst diese Tatsache brachte ihn in keinerlei Weise aus der Ruhe.

Er wollte für sich sein aber nicht alleine. Er hatte kein konkretes Ziel, außer dem Ziel spazieren zu gehen. Immer wieder schossen ihm einzelne Fragmente von Gedanken durch den Kopf, aber er war zu träge sie weiter auszuführen. Aus einem Reflex heraus blickte er plötzlich auf. Als sein Kopf sich in der Senkrechten wieder-gefunden hatte, sah er zum ersten und zum letzten Mal in das Antlitz eines schönen Mädchens, das zusammen mit ihren Freundinnen auf ihn zugelaufen kam. Er zügelte seinen Gang, denn sie kam näher und näher und er wollte diesen Zustand des Glücks so lange es ging auskosten.

Er hatte noch nie etwas derart Schönes gesehen und wurde nervös. Er sah jetzt nur noch das Mädchen, seine Augen tänzelten vor Freude, die Umgebung verschwamm im undurchsichtigen Nichts. Der Trubel und Gestank der Stadt waren weiter entfernt von seiner Wahrnehmung wie jemals zuvor.

Sie war mittelgroß, hatte langes, glattes, dunkelbraunes Haar und unter ihrem roten Wintermandel versteckten sich schwarze Stiefel und ein knielanger Rock. Ihr Lächeln war so warm wie die Sonne und ließ ihre Bäckchen rötlich schimmern. Jetzt war sie fast bei ihm angekommen und eine leise Trauer überflog ihn, da dieser schöne Moment bald vorbei sein würde.

Er starrte sie jetzt regelrecht an. Unbewusst. Sie wird wieder eines von den Mädchen sein, die für einen kurzen Moment in sein Leben getreten sind, ihm den Kopf verdrehten und dann für immer verschwanden. Sollte diese Tatsache nun für immer vorbei sein? Wagte er es, sie anzusprechen? Sollte ab hier dieses stumpfe Dasein keine Fortsetzung mehr erhalten? Gefühle taugen nun mal nichts, wenn man sie nicht weitergeben kann. Er traute sich nicht. Sie lief an ihm vorbei. Eine kurze Nähe, mehr nicht. Er blieb stehen und drehte sich um. Wind kam auf und kitzelte seinen Nacken während er gleichzeitig ihren roten Mantel in sanfte Bewegungen setzte. Er rührte sich nicht und sah ihr einfach nur nach. Er versuchte krampfhaft, sich an ihr Gesicht zu erinnern.

Je kleiner sie wurde, desto weiter war sie aus seinem Leben verschwunden. Für einen kurzen Moment gab es nur sie und ihn auf der Welt. Er blickte ihr noch so lange nach, bis sie im Trubel der Massen verschwand. Kein Rot mehr auf dem Gehweg. Er hatte sie für immer verloren, und sie wusste es noch nicht einmal.

ALICE

Die Arme um den Nacken verschränkt, lag Alice auf ihrem gemachten Bett und starrte an die Decke. Hier und da ein kleiner schwarzer Fleck. Die Überreste einer zerquetschten Spinne oder Schnake. Ansonsten nichts als weiße Leere. Sie wandte den Blick von der Decke ab und schaute auf das Display ihres Smartphones, das direkt neben ihr lag. Keine Nachrichten, keine neuen Likes und keine Anrufe. Sie warf das Handy zur Seite. Das Display ging wieder aus. Hier und da waren ein paar kleine Kratzer zu erkennen, ansonsten schwarze Leere. Sie schloss ihre Augen und schaute in sich hinein. Kleine Erinnerung und unvollständige Gedankenfetzen. Manchmal schmerzhaft, manchmal schön. Ein einfaches Leben ohne große Sorgen und Probleme, aber eben auch leider belanglos und austauschbar. Eine unsichtbare Leere.

Es war erst Freitag Mittag. Die Schule war aus und das Wochenende konnte beginnen. Draußen herrschte wunderbares Wetter, das jedoch keinen Einlass in das verdunkelte Zimmer des Mädchens bekam. Sie schloss wieder die Augen und versuchte ein Nickerchen zu machen. Unruhig wechselte sie ihre Position auf die Seite. Sie spürte den Druck des Handys auf ihrer Hüfte und zog es beiseite. Ein kurzer sinnloser Blick aufs Display. Es machte keinen Sinn mehr auf etwas zu warten was nicht kommen wird. Er war weg. Sie musste etwas unternehmen.

Plötzlich richtete sie sich auf. Sie sprang aus dem Bett, schnappte sich ihre Tasche und Schuhe und rannte in Richtung Haustür. Sie nahm den Bus in

Richtung Innenstadt. Ein Anflug von Euphorie kam in ihr auf. Den Kopf am Fenster des Busses stützend, den Blick hinaus auf Straßen eines wunderschönen Frühlingstages, fühlte sie sich auf einmal bestätigt in ihrem Tun. Alles ergab nun einen Sinn. Die Zuversicht wuchs mit jeder Minute. Es war wie eine Belohnung für ihre Seele. Für einen kurzen Moment erschien ein Lächeln auf ihrem Gesicht. Es war das erste an diesem Tag.

In der Innenstadt angekommen, stürzte sie sich in die Menschenmenge und ließ sich vom Trubel der Großstadt treiben. Sie steuerte ihren Lieblingsshop an und kaufte sich neue Klamotten. Als sie den Laden mit der Einkaufstüte verließ, spürte sie endlich eine innere Zufriedenheit. Die Anziehungskraft der Marken und Logos war unwiderstehlich. Werbung und Leuchtreklame taten ihr übriges. Auf ein neues Paar Schuhe folgte eine passende Tasche, zu den neuen Ohrringen etwas Make-up und Pflegeprodukte. Aus einer Einkaufstasche wurden mehrere. Sie war wie im Rausch. Es gab keinen Missmut mehr. Sie tänzelte mit einem breiten Grinsen die Fußgängerzone auf und ab, bis sie nach drei Stunden völlig erschöpft aber glücklich in den Bus stieg, der sie wieder nach Hause brachte.

Dort angekommen, ging sie mit ihrer Beute in ihr Zimmer, setzte sich auf die Bettkante und stellte die Taschen zu ihrer rechten auf den Boden. Ihre Arme stütze sie auf ihren Schenkel. Ein kurzer Seufzer. Dann wandte sie den Blick von den Taschen ab. Zwei Minuten lang passierte nichts. Sie saß einfach nur da. Die Zeiger der Wanduhr zogen langsam ihre Kreise und tickten ins Unendliche, während das Lächeln auf ihrem Gesicht verflog. Sie ließ sich nach hinten auf den Rücken fallen und schloss die Augen.

Das Smartphone störte sie in ihrer Gesäßtasche. Sie nahm es heraus und prüfte ihre Kanäle. Wieder nichts neues. Sie legte es beiseite und atmete tief durch. Plötzlich ein sanfter Klingelton. Eine neue Nachricht. Sie tastete mit der rechten Hand nach dem Telefon und entsperrte es. Dann öffnete sie den Messenger und las die wenigen Zeilen ihrer besten Freundin: „Mir ist langweilig, Lust auf shoppen?"
Ohne zurück zu schreiben legte sie das Gerät auf ihre Brust. Sie wurde traurig aber konnte nicht weinen. Irgendetwas hielt sie davon ab. Eine traurige Leere in ihrem Leben, die er bei ihr hinterließ und die sie momentan alleine nicht zu füllen vermochte.

1-2-3 SPIELEN IST VORBEI

Nervös starrte er auf seine Armbanduhr während er den beiden beim Spielen im Wohnzimmer zuschaute. Draussen dämmerte es bereits und langsam aber sicher kam der Moment zum Schlafen gehen. Um den Größeren machte er sich keine Sorgen, aber allein der Gedanke an die mögliche Reaktion des Kleineren verursachte ein mulmiges Gefühl in seiner Magengegend weil er mit seinen drei Jahren das ganze einfach noch nicht verstehen konnte. Er gab den Kindern noch fünf Minuten bevor er das Spielen als beendet erklärte, sich von seinem Stuhl aufrichtete und langsam auf die Kinder zuging. Mit ruhigem und leisem Ton forderte er sie auf, sich ihre Schlafanzüge anzuziehen, sich die Zähne zu putzen und sich in Richtung Schlafzimmer zu begeben. Der Größere befolgte alle Anweisungen ohne sich zu beschweren und verschwand auch kurz darauf im Bett, der Kleinere jedoch machte wie immer Probleme.

Ich will zu meiner Mama. Da war er wieder. Dieser eine Satz, der ihn zur Verzweiflung brachte, jedesmal aufs neue. Eigentlich lief der Tag ganz gut. Die Kinder hatten Spaß, lachten viel und bekamen alles was sie verlangten. Für einen kurzen Moment hatte er das Gefühl, dass es heute eventuell klappen könnte. Schließlich ist das ganze jetzt schon zwei Monate her und seitdem lief jeder Mittwoch gleich ab. Er wusste, dass der Kleinere bei seiner Mutter schlafen wollte, aber heute war sein Tag, heute hatte er die Kinder und jeder hatte das einfach zu akzeptieren. Ja, er war nicht mehr so da wie die Kinder es seit

Jahren gewohnt waren, er hatte jetzt eine andere Wohnung, ein anderes Leben aber er war immer noch der Vater und das wollte er auch sein so oft es eben geht. Es wird wieder nicht ohne Weinen gehen, soviel stand jetzt schon fest. Er ging auf den Kleineren zu, nahm ihn von seinem Spielsachen weg, half ihn in seinen Schlafanzug und beim Zähneputzen und trug ihn ins Schlafzimmer zum Bett, wo der Größere bereits geduldig wartete. Ich will aber zur Mama. Wieder und wieder klang es verzweifelt aus dem Mund des Kleineren. Kurz darauf fing er an zu weinen. Der Größere hob sich bereits wie auf Kommando die Ohren zu, um das Geschrei so gut es geht auszublenden. Er musste ruhig bleiben und durfte keine Wut aufkommen lassen. Er wusste, dass in diesem Fall Reden nichts mehr bringt. Der Kleinere war auf sich alleine gestellt. Alles Trösten, alle lieben Worte waren zwecklos, sein Herz würde sowieso wieder einmal brechen heute. Seine Mutter war nicht da und das war alles, was in dem Moment für so einen kleinen Menschen zählt. Er konnte nichts tun. Er atmete tief durch und versuchte es nicht persönlich zu nehmen, er schnappte sich ein Buch und las den beiden noch eine Geschichte vor. Ablenkung hilft vielleicht aber leider nicht immer. Er musste wohl wieder einmal zusehen, wie sich der Kleinere in den Schlaf weint, Minute für Minute. Er griff nach seinen Handy. Soll er sie anrufen? Sie bitten, den kleinen von seinem Leid zu erlösen? Ist das der richtige Weg? Er wusste es einfach nicht. Nein. Der Kleinere muss es ertragen, so wie alle die Situation ertragen müssen. Jeder mit seinem Schmerz. Morgen früh ist einer neuer Tag. Eine neue Chance alles besser zu machen oder genauer gesagt es besser zu ertragen. Das Schluchzen des

Kleineren wurde leiser. Sanft streichelte er ihm die Wange während er mit einem leisem Zischeln versuchte den Kleineren zu beruhigen und ihn zum Einschlafen zu bewegen. Er hasste seine aufkommenden Schuldgefühle. Gleich ist es geschafft…

GOLDEN GATE BRIDGE

Bereits nach der ersten Vorlesung wusste sie, dass irgendetwas nicht normal war. Dieser ständige Versuch, Augenkontakt herzustellen, die Gestik und Mimik des Professors in ihre Richtung. Was wollte er von ihr? Er kannte sie doch gar nicht?

Es war ihr erstes Semester an der Universität und alles so wunderbar aufregend und neu. Die Vorlesungssäle, der Campus, die Kommilitonen, die riesige Bibliothek, die Mensa und im Allgemeinen der neue Abschnitt ihres noch jungen Daseins als Studentin. Sie genoss ihr unabhängiges Leben. Aber diese eine Sache mit dem Professor machte ihr schon zu schaffen. Am Anfang war sie nur verwundert über sein merkwürdiges Verhalten gewesen. Aber er ließ einfach nicht locker. Er war Mitte fünfzig, groß und gut gebaut, eloquent in seinen Vorlesungen und modisch elegant. Sein Gesichtsausdruck war freundlich und beruhigend, aber man konnte eine gewisse Melancholie in seinem Auftreten feststellen. Jedenfalls war es offensichtlich, dass er die Studentin mochte und ein Auge auf sie geworfen hatte. Das war auch nicht weit hergeholt, schließlich war sie eine fleißige und aufmerksame Schülerin, die sich für seine Themen begeisterte und zudem auch noch attraktiv war und ein liebes Wesen hatte. Er bevorzugte sie und gab ihr gute Noten.

Zuerst hatte es sich noch wie eine gewisse Bestätigung für ihren Lerneifer angefühlt, doch je länger das Semester ging, desto nervöser wurde sie. Sie war schüchtern und konnte die ständigen Blicke in der Vorlesung auch nur mit einem verlegenen Weg-

19

schauen erwidern. Sie sprach mit ihren Kommilitoninnen darüber und bekam meistens nur einfache Antworten wie, er steht halt auf dich, oder hat sich in dich ein bisschen verliebt. Das passiere ab und zu mal und sie solle es ausnutzen, so lange es ginge. Sie glaubte aber nicht, dass es so einfach war. Sie hörte sich auf dem Campus etwas um, ob es schon vorher ähnliche Vorfälle mit diesem Professor gegeben hatte. Die meisten verneinten und hielten ihn für einen zuverlässigen und wunderbaren Lehrer, der wusste, wie er mit seinen Schülern umzugehen hatte und ihnen die richtigen Dinge mit auf den Weg geben konnte. Diese Einschätzungen verwunderte sie nicht, schließlich war sie derselben Ansicht.

Sie ging weiter in seine Vorlesungen und legte bei ihm auch ihre Abschlussklausur ab. Als am Ende des Semesters schließlich die Noten vergeben wurden und sie wie immer mit einer sehr guten Note abschloss, fragte er sie auf einmal, ob sie nach dem Ende des Unterrichts Zeit hätte, kurz zu ihm in sein Büro zu kommen. Er müsste kurz mit ihr reden. Ihr Herz pochte wie wild. Sie fragte ihn, ob es mit der Klausur zusammenhinge und er erwiderte nur mit einem knappen Nein. „Es geht um etwas anderes. Wissen Sie, wo mein Büro ist?" Die Studentin bejahte. „Begeben Sie sich dort hin und warten Sie auf mich. Die Tür ist offen. Sie können ruhig schon mal reingehen und sich setzen. Ich bin gleich bei Ihnen." Er lächelte ihr sanft zu.

Sie bekam es etwas mit der Angst zu tun, aber willigte letzten Endes ein. Sie ging in sein Büro und setzte sich auf einen Stuhl vor seinem riesigen Holzschreibtisch. Hinter dem Tisch war ein eleganter Sessel aus Leder und weiter hinten ein riesiges bis an die Decke reichendes Regal, vollgepackt mit

Büchern, Dokumenten und Skripten. Alle Möbel waren aus dunklem Holz und elegant aufeinander abgestimmt. Dennoch wirkte das Büro unruhig und dunkel, weil es für seine geringe Größe einfach viel zu vollgestellt war. Sie beobachtete die Regale und las die Büchertitel. Dann kam der Professor durch die Türe und machte sie hinter sich zu. Er blickte kurz zu ihr und ging in Richtung seines Sessels. Er setzte sich hin, schaute nach oben zu ihr, legte seine Arme auf den Tisch und sprach sie an.

„Ich möchte Ihnen gerne etwas zeigen. Darf ich?" Die Studentin sah ihn mit einem ahnungslosen Blick an und nickte. Der Professor stand auf und ging zu einer Schublade an dem Bücherregal. Er öffnete sie und holte etwas heraus. Er begab sich zurück zu dem Schreibtisch und legte es auf den Tisch. „Schauen Sie sich das mal an, bitte." Die Studentin nahm die Bilder an sich, die er vor ihr ausgebreitet hatte, sie prüfte sie sorgsam und traute ihren Augen nicht. „Das ist meine Tochter", sagte er nur knapp. Die Studentin konnte es immer noch nicht fassen. Die Tochter war ein exaktes Ebenbild ihrer selbst. Gesichtszüge, Größe, Alter, Haare. Es war optisch dieselbe Person. „Sie erinnern mich an sie. So sehr. Und es tut mir leid, dass ich Ihnen eventuell Angst gemacht habe. Sie ist in den USA und ich habe sie seit zehn Jahren nicht gesehen oder von ihr gehört. Das einzige, was ich bekomme sind regelmäßig Bilder von ihr. Das hier zum Beispiel ist gerade mal drei Monate alt." Die Ähnlichkeit war wirklich verblüffend. „Warum können Sie sie nicht regelmäßig sehen?", fragte die Studentin anteilnehmend. Der Professor hielt kurz inne. „Die Bilder sind nicht von ihr persönlich. Ihre Mutter schickt sie mir."

„Ok, aber dann könnten Sie doch wenigstens ab und zu mit ihr telefonieren zum Beispiel." Wieder machte der Professor eine lange Pause. Er schaute zu ihr auf. Sie ist tot. Vor ein paar Wochen ist sie bei einem Motorradunfall ums Leben gekommen. Das hier ist das letzte Bild, das ich von ihr habe. Ich möchte, dass Sie es nehmen und für sich behalten. Er griff in seine Gesäßtasche, holte seinen Geldbeutel heraus und zeigte ihr das Bild. Darauf abgebildet war seine Tochter zusammen mit Freunden an der Golden Gate Bridge in San Francisco. Es war als schaute sie in einen Spiegel. Die Studentin bekam Tränen in den Augen. Sie blickte den Professor an. „Es tut mir sehr Leid." „Ja mir auch", erwiderte er. „Ich wollte, dass Sie es wissen, ich sehe sie in Ihnen, und ich bedaure es sehr, dass ich Sie in diese unangenehme Situation bringe aber ich konnte nicht anders. Sie sind eine wunderbare Studentin und Sie müssen mir eins versprechen: Lernen Sie weiter so und machen Sie einen guten Abschluss, für sich selbst und für sie." Er zeigte wieder auf das Bild. Sie nickte sanft und schluchzte dabei.

Sie unterhielten sich noch über eine Stunde, und die Studentin verpasste dabei ihre nächste Vorlesung. Als sie nach dem Gespräch aus der Tür ging und sich in Richtung Campus begab, wusste sie noch nicht, dass sie den Professor zum letzten Mal gesehen hatte. Das zweite Semester begann, und er war weg. Keiner wusste genau, wo es ihn hingezogen hatte. Niemand. Sie setzte sich in die Vorlesung und schlug ihren Studienordner auf. Auf der linken Seite ganz oben klebte mit Tesafilm an-gebracht ein Bild mit einer imposanten roten Brücke im Hintergrund. Sie schaute es sich an und wusste, was zu tun war.

DER JUNGE UND DAS MEER

Es war einmal ein Junge, der manchmal große Gedanken, manchmal kleine Illusionen und teilweise absurde Vorstellungen hatte. Er fühlte sich von dieser bizarren Welt alleine gelassen, hatte das Gefühl, dem schnellen und bewusstlosen Fluss des Lebens auf diesem blauen Planeten nicht mehr standhalten zu können.

Doch er hatte einen Traum. Wie schön wäre es doch, ein Bewohner des Meeres zu sein, frei von Sorgen und Problemen in einer Welt ohne Sprache, Missgunst und Gewissen. Die tiefblaue See und er. Um ihn herum nichts weiter als Wasser und blaue Schönheit. Je häufiger dieser Gedankenstrom sich in sein Hirn schlich, desto mehr fand er Gefallen an der Tatsache, in einer anderen Welt zu leben, anders zu fühlen und vielleicht endlich die lang ersehnte Bestätigung für sich selber zu finden. Ein Bewohner des Meeres? Wie wäre das wohl? Welche Gedanken würde er haben? Würde er überhaupt denken? Die Leere im Leben auf dem Land wurde langsam unerträglich für ihn. Schon oft war er am Meer und sah hinaus in den tiefen, weiten Horizont. Er verspürte unheimliches Glück und Zufriedenheit beim Anblick dieser blauen Ewigkeit. Und immer wenn er sich diesen salzigen Feuchtigkeit näherte, mit ihr gewissermaßen verschmolz, dann spürte er eine Freiheit, die ihm das Leben an Land im Moment nicht geben konnte. In seinem Zimmer hing ein Poster des blauen Riesen und jedes Mal überwältigte ihn die Sehnsucht und er versank mit geschlossenen Augen in einen tiefen Traum.

Er verließ sein Zimmer, ging aus dem Haus, stieg auf sein Fahrrad und fuhr einfach los. Auf dem Weg dachte er nicht viel nach, er folgte nur seinem Herzen und ehe er sich versah, kam er an einem strahlend weißen Sandstrand an. Prompt hielt er an und verließ sein Gefährt. Der salzige Geschmack des Meeres beglückte seine Zunge, während er den Duft der Freiheit durch seine Nase fließen ließ. Er hielt kurz inne und stand still. In diesem Moment schien er alleine auf der Welt zu sein, nur er und die Anziehungskraft des Ozeans, die unwiderstehlich auf sein Gemüt wirkte.

Er zog seine Schuhe aus und setzte einen Fuß auf den schneeweißen Sand des Strandes. Etwas war anders. Er ging ein paar Schritte auf das Meer zu. Je näher er dem Wasser kam, desto winziger wurde die Welt hinter ihm, als er sich ab und zu umdrehte und zurückblickte. Er tauchte Stück für Stück in etwas Neues ein während sich das Alte durch einen Prozess des Kleinwerdens langsam verabschiedete. Das Tor zum Paradies war offen. Die Wellen bereiteten ihm ein herzliches Willkommen. Ein letzter Blick zurück zu einer Zeit, die jetzt nicht mehr viel größer war als das Poster in seinem Zimmer. Lächelnd ließ er sich von der Strömung in die Weiten des Ozeans begleiten.

Innerhalb kürzester Zeit veränderte sich seine körperliche Konstitution. Er bekam Schwimm-häute, Kiemen zum Atmen und spürte, dass er die Fähigkeit zu sprechen und sich auszudrücken verloren hatte. Es war spannend, neu und aufregend zugleich und er war verblüfft, wie schnell er sich in dem Strom des Lebens auf dem Meer eingefügt und angepasst hatte. Die anderen Meeresbewohner akzeptierten ihn schnell als einen der ihren an und schätzten seine ungewöhnliche Anwesenheit sehr. Alles war auf einmal so anders. War das wirklich sein Ziel?

Seine Gefühle konnte er nicht mehr ausdrücken oder durch Gestik und Mimik wiedergeben. Er war einfach da und dabei in der Weite des blauen Nichts. Alle Sorgen und Probleme waren weg, sie existierten nicht mehr, weil sie keine Gedanken mehr besaßen, die sie tränkten und stärkten. Er suchte die Nähe zu anderen Lebewesen. Er begleitete Walfamilien auf ihrer Reise, blieb manchmal tagelang unter Wasser und erforschte die weiten Täler des Meeresgrundes, spielte mit Delphinen in der Abendsonne oder versuchte die Instinkte eines Haies zu verstehen. Er hatte auf nichts einen Einfluss. Konnte absolut nichts bewegen. Das Meer bewegte ihn im ständigen Fluss ohne Rast und Ruhe.Eine Zeitlang genoss er diese Freiheit, doch irgendwann überkam ihm ein seltsames Gefühl. Diese unbändige Freiheit, weit weg von allen Sorgen und Problemen, ein Leichtigkeit, ein Schweben im Nichts, war das wirklich die große Erfüllung, das wahre Paradies?

Irgendetwas fehlte ihm. Und dieses etwas führte ihn dann wieder zum Strand zurück. Eine letzte große Welle begleitete ihn an Land und er spürte wieder festen Boden unter den Füßen. Er lief den Strand aufwärts in Richtung seines Autos. Beim Blick zurück wurde das Meer mit jedem Schritt kleiner. Die eine Welle, seine letzte Begleitung, hatte sich schon längst im großen Blau wieder aufgelöst und wurde durch andere ersetzt. Kiemen und Schwimmhäute verschwanden. Er schnappte sich seine Schuhe und setzte sich in den weichen Sand. Er blickte auf das Meer in Richtung Horizont. Sanft brachen die Wellen an das Land und erzeugten Geräusche von Voll-

kommenheit und Beruhigung. Warum bin ich zu-
rückgekehrt?

Nachdem er aus seinem Traum erwachte, saß er
noch eine Weile regungslos in seinem Bett. Er ging
noch einmal in sich und versuchte sich an das Ge-
träumte so gut es ging zu erinnern.   Allmählich
wurde ihm klar, warum ein Leben an Land für ihn
doch die bessere Entscheidung war. Er war ein
Mensch, ein Wesen mit Gefühlen, positiv wie nega-
tiv. Und das macht ihn zu etwas Besonderem, etwas
Einzigartigem, das geschätzt und geliebt werden
muss und andere Menschen brauchte. Ein ewiger
Strom vom Geben und Nehmen. Ohne Gefühle war
er nichts weiter als ein Tropfen im Ozean ohne Bedeutung. Er ging ans Fenster seines Zimmers und
schaute auf das weite Land in Richtung Horizont. Er
lächelte in sich und traf eine Entscheidung. Er war
bereit, es endlich wieder zuzulassen.

DER ERSTE

Der Junge mit den grünen Haaren setzte sich an die Bar und machte mit einem Handzeichen auf sich aufmerksam. Der Barkeeper registrierte ihn aus dem Augenwinkel und gab ihm mit einem kurzen Nicken Bescheid, dass er sofort Zeit für ihn habe. Er kassierte noch zwei jungen Mädchen am anderen Ende der Bar ab und ging dann auf ihn zu.

Der Junge schien sichtlich angespannt zu sein. Er klopfte mit den Fingern auf den Tresen und versuchte verzweifelt, eine bequeme Sitzposition auf dem Barhocker zu finden. Irgendetwas scheint ihn zu beschäftigen, dachte der Barkeeper und das machte ihn neugierig auf das, was da wohl noch kommen mochte. Er fragte ihn, ob er was trinken wolle, und stellte ihm kurze Zeit später das gewünschte Bier auf den Tresen. Der Junge bezahlte das Bier sofort und legte das nötige Kleingeld auf den Tresen. Kommentarlos nahm der Barkeeper das Geld auf und machte sich wieder an die Arbeit, denn es kamen immer mehr Leute auf die Feier und der Partyraum war mittlerweile gut gefüllt. Den Jungen mit den grünen Haaren ließ er aber nicht aus den Augen und er konnte beobachten, wie er es sich jetzt mit dem Rücken zur Bar bequem gemacht hatte, sich eine Zigarette anzündete, an seinem Bier nippte und prüfend durch die Menge blickte. Scheinbar wartet er auf jemanden.

Nach etwa fünfzehn Minuten passierte etwas. Er sah, wie sich der Junge von seinem Hocker erhob, und, den Kopf nach oben geneigt, in Richtung des Eingangs blickte. Kurze Zeit später standen dann zwei Mädchen im Katzenkostüm vor dem Jungen. Der Junge begrüßte das eine Katzenmädchen mit einem Kuss auf die Wange und einer herzlichen Umarmung. Für das andere Mädchen hatte er nur einen flüchtigen aber nicht unhöflichen Handschlag übrig. Ok, es geht ihm also um das erste Katzenmädchen, schlussfolgerte der Barkeeper.

Die Drei unterhielten sich eine Weile etwas verlegen, bis sich das zweite Katzenmädchen für einen Moment verabschiedete und nur noch der Junge und das andere Katzenmädchen übrig waren. Der Junge drehte sich um und bot dem Katzenmädchen seinen Hocker an. Sie setzte sich und der Junge stellte sich neben sie und blickte in Richtung des Barkeepers. Dieser bemerkte erst jetzt, dass er die beiden die ganze Zeit beobachtete und schaute erstmal verlegen in die andere Richtung, um sich nichts anmerken zu lassen. Nach einer kurzen Pause ging er auf die beiden zu. Der Junge bestellte sich nochmals ein Bier und für das Katzenmädchen einen alkoholfreien Cocktail. Der Barkeeper machte die Getränke fertig und stellte sie auf den Tresen. Sie tranken einen Schluck und unterhielten sich eine Weile. Es war sehr laut in dem Raum und der Barkeeper konnte trotz seiner Neugier kaum verstehen, was sich die beiden alles zu sagen hatten, er konnte jedoch feststellen, dass sich ihre Köpfe mehr und mehr näherten. Er musste weiter arbeiten. Von der anderen Seite der Bar konnte er erkennen, dass sich das junge Paar auf die Tanzfläche begab. Er musterte die Bewegungen des Jungen und die Art und Weise, wie er mit dem Katzenmädchen auf der Tanzfläche umging. Dann drehte er den Kopf zur Seite und widmete seine ganze Aufmerksamkeit seinen Gästen an der Bar.

Als er die Bestellungen abgearbeitet hat, ging sein Blick wieder in Richtung Tanzfläche. Die beiden waren weg. Sein Blick schweifte über die gesamte Tanzfläche. Nichts zu sehen. Er schaute zum Tresen rüber. Ihre Gläser waren noch halb voll. Er dachte kurz nach. Dann grinste er zufrieden ins sich hinein und arbeitete weiter. Sein kleiner Bruder schien alles richtig zu machen. Bis jetzt.

ANGEKOMMEN

- Der Flughafen. Ein emotionaler Ort. Überall Menschen die sich umarmen, sich unter Tränen verabschieden oder begrüßen, sich freuen und leiden. Ein letzter Blick auf die Anzeigetafel. Landed. Gleich ist sie da. In meinen Armen. Vereint für wenigstens drei Wochen. -

Seit drei Monaten waren wir nun ein Paar. Die kurzen und intensiven Begegnungen in Tokio haben Gefühle in mir aufkommen lassen, die ich zuvor noch nicht gekannt hatte. Ich habe mich zum ersten Mal richtig verliebt. Da passierte etwas im Bauch und Herz. Ein Gefühl, das mir sagte, dass es richtig ist alles zu tun, was mich näher an diesen Menschen bringt, was mich einen Teil von ihm werden lässt. Distanz hin oder her. Wie sagt man doch so schön. Die Liebe überwindet alle Grenzen. Ich ahnte nur nicht, dass die Grenzen schneller kamen als ich es mir erwünschte.
Eigentlich bin ich selber Schuld. Wie kann ich so etwas Wichtiges in meinem Leben mit einer doppelten Lüge beginnen. Ich hätte es beiden schon vorher sagen sollen. Jetzt war die Situation eskaliert. Wir standen vor der Eingangstüre unseres Hauses und meine Mutter wollte sie einfach nicht ins Haus lassen. Ich konnte verstehen, dass sie sich überrumpelt und in gewisser Weise hintergangen fühlte, weil ich ihr nichts von Ayas Besuch erzählt hatte, aber ich bin bis heute noch überrascht, dass sie so konsequent einen Riegel vor unserem Anliegen schob.

Gut, Aya war fünf Jahre älter, ich hatte das Abitur erst noch vor mir, und ich würde auch nicht behaupten, dass wir, was die Zukunft unserer Liebe angeht, zu hundert Prozent sicher waren, aber machmal im Leben muss man es einfach darauf ankommen lassen. Ich war jedenfalls bereit, alles für diese Beziehung zu geben. Nichts tun kann man auch noch wenn man tot ist. Während unserer ganzen Diskussion schaute ich unentwegt zu Aya rüber. Gott tat sie mir Leid. Das hatte sie wahrlich nicht verdient und unser Dilemma war an Peinlichkeit und Demütigung nicht zu überbieten. Ich verdammter Idiot. Sie blieb aber ruhig und gelassen hinter mir stehen, senkte den Kopf und hörte weiterhin aufmerksam zu. Ich konnte meiner Mutter erzählen was ich will. Es war zwecklos. Ich wurde wütend und ausfallend. Sie schlug die Türe hinter sich zu und ließ uns draußen alleine stehen. Es herrschte einen Moment Stille.

Komm wir gehen. Das waren die ersten Worte von ihr seit wir zu Hause ankamen und sie gaben mir wieder etwas Mut und Auftrieb. Sie drehte sich von der Türschwelle weg in Richtung meines Autos und nahm mein Hand. Wir gingen zu meinem Auto. Ihren Koffer schob ich mir vor her. Wir fuhren in die Stadt. Ich spürte wie sie mich beim Fahren beobachtete. Ihre Blicke schweiften abwechselnd zu mir und in Richtung des Fensters. Sie war still und wir redeten kaum. Jedoch kein unbehagliches Schweigen, das für beide anstrengend war. Es war aber klar, dass in ihr etwas arbeitete. Ich musste ebenfalls über vieles nachdenken. Wir parkten im Zentrum und gingen in ein Café. Wir redeten. Über sie, über mich, über uns, über Vergangenes, über das Hier und Jetzt, über die Zukunft, über ihr Leben, ihre

Ziele, Ihre Wut über meine Lügen, meine Ziele, über Ängste, Sorgen, Probleme, Gefühle, Emotionen und Erlebnisse. Es war ein gutes Gespräch und wir waren sehr vertraut miteinander obwohl wir uns so lange nicht gesehen hatten. Die Angst vor dem Scheitern der Beziehung konnte ich aber nicht verdrängen.

Der Tag war noch lange und ich zeigte ihre die Stadt. Obwohl wir außerhalb in einem noblen Viertel lebten war die Innenstadt Hamburgs im August wie immer traumhaft. Die Elbphilharmonie, der Jungfernstieg, das Rathaus, die Alster. Aya machte einen zufriedenen Eindruck. Wir schlenderten am Hafen entlang und vergaßen für ein paar Stunden unsere Probleme. Wir waren ein Paar. Nicht mehr und nicht weniger und es fühlte sich gut an. Wir aßen in einem Restaurant zu Abend und beschlossen dann uns ein Hotelzimmer zu nehmen.

Am nächsten Morgen erwachte ich alleine im Bett. Es war schon nach neun Uhr. Aya war weg. Zuerst machte ich mir keinen Kopf, weil sie eventuell schon zum Frühstück runter in die Lobby gegangen ist, aber nachdem ich ihren Koffer nirgendwo sah, änderte sich meine Gefühlslage. Keine Nachricht auf meinem Handy, kein Zettel auf dem Nachttisch, nichts. War es das jetzt? Mein Herz pochte wie wild. Ich zog mich an und ging zügig zum Frühstücksraum. Keine Spur von ihr. Ich fragte an der Rezeption nach einer jungen Japanerin. Niemand hatte irgendetwas beobachtet. Ich überlegte. Wie soll ich sie finden? Soll ich sie überhaupt finden? Ich ging zurück ins Zimmer, holte meine Sachen, checkte aus und fuhr zu dem Café, wo wir uns gestern unterhalten hatten. Sie war nicht da. Vielleicht der Flughafen? Ich prüfte auf meinem Handy die Abflugzeiten.

Kein Flug nach Tokio heute. Trotzdem beschloss ich hinzufahren. Vielleicht fliegt sie ja irgendwo hin? Ich durchsuchte das Abflugterminal aber es war irgendwie zwecklos und ich wusste es. Es war wie die Suche nach der Nadel im Heuhaufen. Ich gab auf. Resigniert ging ich zu meinem Auto zurück und fuhr nach Hause. Ich parkte den Wagen, stieg aus, ging zur Haustüre und schloss sie auf. Ich zog meine Schuhe aus, und ging in Richtung Küche um mir einen Kaffee zu machen. Ich traute meinen Augen nicht. Ich war erleichtert und verwirrt zur selben Zeit. Sie tranken einen Tee zusammen. Sie unterbrachen ihre Unterhaltung und sahen zu mir. Meine Mutter nickte mir nur zustimmend zu. Aya drehte den zu mir Kopf zu mir und suchte Augenkontakt. Sie lächelte sanft.

KLEINE FABEL

Einst kam ein junger, gut aussehender Hahn in eine Kneipe schaute arrogant um sich und setzte sich an den Tresen. Dort saßen viele andere Gäste. Er bestellte sich ein Getränk und fing an, die anderen Gäste zu beleidigen und zu belästigen, weil er dachte, er sei etwas besseres.

Am äußeren Rand der Bar sah er dann eine sehr hübsche kleine Füchsin, die ihn die ganze Zeit beobachtete und zu ihm blickte. Der Hahn atmete tief ein, machte seine Brust raus und stolzierte mit einem süffisanten Grinsen und voller Selbstbewusstsein in Richtung der keinen Füchsin. „Hallo, hübsche Dame. Darf ich Sie auf ein Getränk einladen?" Die Füchsin blickte auf, sah dem Hahn in die Augen und sprach: „Du bist sicher der größte und am besten aussehende Hahn den ich kenne. Du bist dominant und selbstsicher und es gibt bestimmt sehr viele Frauen, die sich gerne mit dir paaren würden."

Der Hahn platzte fast vor Stolz und genoss die Vielzahl an Komplimenten und wähnte sich schon als sicherer Sieger. Die Füchsin fuhr fort."Es gibt jedoch etwas, wobei du nicht der größte und tollste bist. Ganz im Gegenteil sogar. Hierbei bis du das kleinste und unbeholfenste Wesen, das mir je begegnet ist. Du stellst dich über alles andere und jeden anderen. Nur du bist dir wichtig und das macht dich so dermaßen unattraktiv, das ich leider kein großes Interesse habe dich zu kennen."

Sie drehte sich von ihm weg und widmete sich wieder ihrem Getränk. Der Hahn stand verdutzt da. Er hatte nichts zu erwidern. Er bezahlte sein Getränk und ging mit hängendem Kopf Richtung Ausgang. Die anderen Gäste applaudierten.

HERR K.

Der Wecker klingelte um 6.30 Uhr. Wie jeden Morgen zog sich Herr K. seinen Morgenmantel über, schlüpfte in seine Hausschuhe, ging zum Briefkasten um die Tageszeitung zu holen und setzte sich an den kleinen Tisch in seiner Küche. Er machte sich eine Tasse Kaffee, den er gerne mit viel Milch und Zucker trank, und fing an zu lesen, immer zuerst den Sportteil. Vertieft in den Spielbericht seiner Lieblingsmannschaft, griff er zur Tasse und nahm einen großen Schluck von dem morgendlichen Muntermacher.

Verdutzt ließ er von der Zeitung ab und schaute sich den Kaffee genauer an. Er fragte sich, ob er die falschen Bohnen gekauft und ob er seine vier Stück Würfelzucker in die Tasse gegeben hatte, denn er schmeckte nix. Überhaupt gar nix. Er nahm zur Probe einen weiteren Schluck. Wieder nichts. Schließlich führte er die Tasse zu seiner Nase und atmete tief ein. Das Aroma des Kaffees war unverkennbar. Vielleicht sind das noch die Auswirkungen der Erkältung von letzter Woche, die meinen Geschmackssinn beeinträchtigten, dachte er und wendete seine Aufmerksamkeit wieder der morgendlichen Zeitungslektüre zu. Seinen Kaffee ließ er neben sich stehen und kalt werden.

Nach Beendigung dieses Morgenrituals ging er ins Badezimmer, wo er sich das Gesicht wusch und die Zähne putzte. Auch von der Zahnpasta schmeckte er nichts, was ihn aber nicht weiter störte, da er den penetranten Mentholgeschmack sowieso nicht mochte.

Anschließend zog er sich an, packte seine Aktentasche und ging pünktlich wie immer aus dem Haus. Auf dem Weg zur Arbeit hielt er wie jeden Tag am Bäcker seines Vertrauens an, um sich ein belegtes Brötchen mit Salat, Gurke, Tomate, Käse und dieser leckeren Remoulade zu kaufen, das er wie immer genüsslich in seiner Neun Uhr Pause zu sich nahm. Um 8.59 Uhr ging er in den Aufenthaltsraum, packte sein Brötchen aus und biss genussvoll hinein. Doch es schmeckte nach nichts. Er biss nochmals hinein, kaute hastig, schluckte den Rest herunter und wiederholte das in einer Geschwindigkeit, die mit Genuss wenig zu tun hatte. Als das Brötchen aufgegessen war, fühlte er sich so leer wie die Verpackung und ging etwas niedergeschlagen an seinen Arbeitsplatz zurück. Die zweite Tasse Kaffee, die er sich in der Pause stets gönnte, hatte er bereits vergessen.

Zur Mittagszeit machte er sich auf den Weg in die Mensa. Freitags gab es dort Fisch mit einer Gemüsebeilage. Er bestellte sich das Gericht und setzte sich zu den Kollegen an den Tisch. Während er aß, ließ er sich nichts anmerken, er schloss aber mehrmals die Augen und versuchte sich den Geschmack des lecker gebackenen Fisches vorzustellen.

Nach Feierabend ging er mit den Kollegen, wie so oft an einem Freitag, in die Kneipe, um den Start des Wochenendes mit einem Drink zu feiern. Er bestellte sich einen Chardonnay aus Frankreich, den er jedes Mal in der Bar trank. Wieder kein Geschmack. Langsam wurde er nervös. Er wagte einen Versuch und orderte beim Kellner einen Brandy an, von dem er hoffte, wenigstens das Brennen des Alkohols zu spüren. Herr K. nahm einen kräftigen Schluck, schmeckte jedoch nichts. Resigniert verlangte er die

Rechnung, verabschiedete sich von seinen Kollegen und machte sich auf den Heimweg.

Dort schnappte er sich ein Buch und legte sich wie so oft an einem Freitagabend zum Entspannen in die Badewanne. Zuerst wusch er sich mit einer Seife ab, dann widmete er sich der Lektüre. Die Seife legte er neben sich an den Rand. Er las ein paar Zeilen und dachte über den Tag nach. Gelangweilt legte er das Buch zur Seite und griff erneut zur Seife. Er sah sie genau an und drehte sie ein paarmal im Kreis. Sie war glitschig und fiel ihn beinahe aus der Hand. Er schloss die Augen und nahm einen kräftigen Biss. Dann nahm er wieder das Buch zur Hand und las in Ruhe weiter, während er stoisch vor sich hin kaute …

NUR EIN TRAUM

Mit einer bunten Decke unter dem linken Arm ging er den Hügel hinauf, bis er auf einer Wiese ankam, die auf der linken Seite an einen Wald angrenzte. Am Waldrand stand eine Bank, auf der scheinbar eine Frau saß. Genau konnte er es aus dieser Entfernung nicht erkennen.

Er breitete die Decke aus, setzte sich hin und blickte in Richtung Horizont. Dort sah er eine geschmeidige Bergkette, über der am Himmel noch mit ganzer Kraft die Sonne schien, die mit eleganter Langsamkeit nach und nach hinter den Bergen abzutauchen drohte und sich für den heutigen Abend verabschiedete. Die beruhigende Stille auf der Wiese wurde nur ab und zu durch das Zwitschern von Vögeln oder von dem leisen Zirpen der Feldgrillen unterbrochen, die mit ihrem sanften Gesang die Weibchen in ihren Bau lockten.

Völlig versunken im Jetzt und Hier mitten in der Natur, bemerkte er nicht, wie sich die Frau von der Waldbank langsam näherte. Als sie bei ihm ankam, setzte sie sich unaufgefordert neben ihn, damit sie sehen konnte, was er beobachtete.

Dann wandte sie den Blick in seine Richtung und sagte:

„Hallo, ich bin deine neue Freundin. Von jetzt an werde ich immer für dich da sein. Wir werden ein Team sein, und ich werde dir stets zur Seite stehen. Das einzige und wichtigste Mitglied, das du brauchen wirst. Ich werde dich respektieren und schätzen wie du bist, mit all deinen Stärken und Schwächen. Ich werde es schaffen, dass deine Stärken besser denn je zum Ausdruck kommen und etwas Gutes auf der Welt auslösen. Deine Schwächen werde ich mit Empathie, Geduld und Toleranz entgegen-kommen, ich werde sie umarmen, mich ihnen mit der nötigen Sensibilität annehmen und sie als ein Teil von dir akzeptieren. Ich werde dir in deinen Entscheidungen zur Seite stehen und dir den Rücken freihalten, wo immer es nötig sein wird. Und ich werde dir zuhören, und wahrhaftig lauschen, was du zu sagen hast, bis ich in das Innere deiner Seele vorgedrungen bin und dich in deinem ganzen Wesen verstehen kann. Ich werde dein Spiegelbild sein, mit dir zusammen lachen, weinen, feiern, reisen, nichts tun, was unternehmen, die Welt entdecken, leben. Ja leben, und zwar so leben, dass man es spürt, wenn das Blut durch unsere Adern läuft. Nur wenn wir Emotionen und Gefühle haben, sind wir wahrhaft lebendig. Du wirst dich so lebendig wie nie zuvor in deinem Leben fühlen. Das verspreche ich dir. Und du kannst mir vertrauen. Und ich meine wirklich vertrauen. Mach dir nicht ständig Sorgen um mich, dass du was falsch machst, dass du zu wenig machst, dass du nicht gut genug bist. Ich werde dir das Gefühl geben, genug zu sein, genug für mich und für uns. Ich werde treu sein und deine Eifersucht in Zügeln halten, damit sie dich nicht auffrisst. Du wirst es schon merken, wenn ich mit anderen rede, wie ich mit anderen rede, du wirst es spüren und dich nicht schlecht dabei fühlen. Ich werde dich umarmen und küssen, dich trösten und feiern. Ich werde so stolz auf dich sein wie du es verdient hast. Ich werde ehrlich und aufrichtig zu dir sein, aber dabei auch versuchen, dich mit der Wahrheit nicht unnötig zu verletzen. Ich werde dein sensibles Gemüt mit Respekt behandeln, weil es ein Teil von dir ist. Ich werde dich in Frage stellen wann immer es nötig ist, werde dich mit deinen Gedanken und Überlegungen konfrontieren, um dich besser zu machen, aber ohne dabei in deine Persönlichkeit einzugreifen. Du bist was du bist und das ist gut so, aber du entwickelst dich noch weiter und ich werde behutsam an deiner Seite stehen und auf deinen Weg achten, und das Lenkrad wieder rumreißen, falls du mal falsch abgebogen bist. Ich werde dich nicht zu unnötigen Fehlern verleiten, sondern dafür sorgen, dass du sie reduzierst. Denn genau darauf kommt es bei Freunden an. Feinde zwingen dich zu Fehlern, Freunde würden sowas niemals machen. Ich werde dir Kraft geben, wenn deine mal ausgehen sollte, ich werde dich trösten, wenn alles irgendwie sinnlos erscheinen wird, ich werde dich ermutigen, wenn es keinen Ausweg zu geben scheint, ich werde mit dir lachen, weil Lachen verbindet. Ich werde dich lieben."

Dann wurde sie still und lächelte leise. Sie nahm seine Hand und wandte ihren Blick wieder in Richtung Berge. Die Sonne war mittlerweile hinter der Bergkette abgetaucht und verwandelte die schneebedeckten Gipfel in ein samtrotes Meer. Ihre Hand war weich und zart und strahlte eine angenehme Wärme aus. Es fühlte sich an, als ob man den passenden Schlüssel in ein Schloss steckt, ihn umdreht und es leise Klick macht.

Klick! Er öffnete die Augen und setzte sich auf. Im Zimmer war es stockdunkel. Er griff zu seiner Uhr auf dem Nachttisch. Halb drei Uhr morgens. Er drehte sich nach rechts und starrte auf sein Bett. Die rechte Seite war leer. Kissen und Decke akkurat zusammengefaltet und unbenutzt.

Ein schöner Traum, dachte er und lag noch eine Weile mit offenen Augen auf dem Rücken und starrte auf die weiße Leere seiner Zimmerdecke.

DAS ZEHNTE LOCH

Schweißgebadet, mit der Schaufel in der Hand, begutachtete er sein Werk. Schon ganz ok, aber es musste noch etwas tiefer werden, auch wenn es von der Länge her bereits passen sollte. Martin klappte den Meterstab wieder zusammen, zog die Arbeitshandschuhe an und grub weiter, bis das Loch vor ihm immer konkretere Formen annahm. Es war eine milde Sommernacht. Der Mond strahlte in seiner ganzen Pracht, begleitet von einem Meer von Sternen, so dass Martin auf die eingepackte Taschenlampe verzichten konnte. Die Stille auf dem Golfplatz am Loch Nummer neun wurde nur gelegentlich durch das sanfte Rauschen der Bäume unterbrochen, die durch einen leichten Windstoß in Bewegung gebracht wurden. Er war mutterseelenallein und arbeitete so leise und unauffällig wie es ging, wobei die Wahrscheinlichkeit, jetzt noch jemandem zu begegnen, gegen Null ging. Außerdem kannte er durch seine langjährige Arbeit als Greenkeeper den Platz in- und auswendig und war oft genug die letzte Person, die die Anlage verließ.

Während dem Schaufeln dachte an den morgigen Tag. Der Plan konnte gar nicht schief gehen. Diesmal muss der Mistkerl dran glauben. Er ertrug diesen Menschen einfach nicht mehr länger und der Gedanke, dass er genau dort sterben würde, wo er am meisten glänzte, zauberte ein süffisantes Lächeln auf seine Lippen.

Dreißig Minuten später war er mit dem Ausheben des Grabes fertig. Noch einmal messen. Passt. Er versteckte die Schaufel in einem Gebüsch direkt neben dem Rechteck und machte sich auf den Weg zurück zum Parkplatz. Zufrieden schaute er auf seine Uhr. Genau Mitternacht. Ging ja schneller als ich dachte. Jetzt nur noch ins Bett und schlafen. Der morgige Tag wird alles verändern …

Der Wecker klingelte um 5.30 Uhr in der Frühe. Martin schob seine Bettdecke beiseite und schleppte seinen untersetzten Körper in Richtung Badezimmer. Er war noch etwas erschöpft von der nächtlichen Aktion und putzte sich gedankenverloren und mit geschlossenen Augen die Zähne. Nach einer schnellen Dusche ging er zurück ins Schlafzimmer und zog sich seine am Tag zuvor zurechtgelegten Golfklamotten an. Danach ging er in seine kleine Küche, machte sich eine Tasse Kaffee mit Milch und Zucker und starrte einfach nur in den Raum. Hier war er also gelandet. Anfang fünfzig, alleine, die Frau längst weg und mit einem anderen glücklich verheiratet und der im Ausland lebende einzige Sohn mit seinem eigenen Leben beschäftigt. Vorbei die Zeiten im eigenen Haus, mit eigenem Garten, mit einem harmonischen Familienleben, so wie er es immer wollte. Er schloss die Augen und seufzte tief. Als er sie wieder öffnete, sah er die Realität klarer als je zuvor. Zwar kein Albtraum, aber mittelmäßiges Nichts. Das einzige, was ihm geblieben war, war die Liebe zu seinem Golfsport. Nachdem er seinen Job als Unternehmensberater aufgegeben und sich als Greenkeeper beim Golfclub beworben hatte, spielte sich sein Leben fast nur noch dort ab. Die Mitglieder akzeptierten ihn, gingen ihm aber weitergehend aus dem Weg. Außer etwas Smalltalk bekam er wenig Menschliches ab. Er war einsam, und dieser Sport trug einen erheblichen Teil dazu bei. Er machte ihn engstirnig und egoistisch, neidisch und zornig und wer wollte schon mit solch einem Menschen etwas zu tun haben.

Martin trank seinen Kaffee aus und packte seine Sachen zusammen. Es war 5.45 Uhr. Um 6.00 Uhr war Abschlag und er wollte unbedingt pünktlich zum seinem Flight erscheinen. Er schloss die Wohnungstür ab und machte sich auf den Weg.

Die Golfanlage war nur fünf Minuten mit dem Auto weg. Die Clubbesitzer hatten vor einigen Jahren einen schönen 9-Loch Platz mitten im Grünen erbaut und der Verein erfreute sich über eine ständig wachsende Mitgliederzahl. Eine elitäre Anlage mit elitären Menschen und an manchen Tagen konnte Martin spüren, dass er hier deplatziert war.

Er parkte sein Auto, zog sich seine Golfschuhe an, packte seine Schlägertasche auf den Trolley und ging in Richtung des ersten Lochs. Der Schweiß stand ihm bereits auf der Stirn. Es würde wieder ein heißer Sommertag werden. Er trug seinen Namen auf einer Liste beim Sekretariat ein. Jeder Golfer hatte sich vor dem Spielen anzumelden, und da die Registrierung erst ab 8.30 Online möglich war, mussten sich die Frühaufsteher eben manuell eintragen. Als er am Abschlagplatz ein paar Dehnübungen machte, erschien sein Flight Partner für die heutige Runde.

Milan war ein großer, gut gebauter Mann mit charmanter Ausstrahlung. Er war emphatisch, beliebt, glücklich verheiratet, ein erfolgreicher Unternehmer, Vater eines im Ausland studierenden Sohnes, Haus- und Yachtbesitzer und ein exzellenter Golfspieler. Er war im gleichen Alter wie Martin, aber nicht wie er im unbedeutenden Mittelmaß gelandet, sondern in der Blüte seines Lebens.

Martin musterte Milan, als dieser elegant auf ihn zukam, und er spürte, wie seine Schläfen anfingen zu pochen und eine kaum zu zügelnde Wut, gemischt mit Neid und Eifersucht, in ihm aufkam, welche seine Überzeugung für sein Vorhaben nur noch bestärkte. Er wandte sich von seinen hasserfüllten Gedanken ab und machte gute Miene zum bösen Spiel.

„Guten Morgen, Martin. Endlich schaffen wir es mal wieder, eine Runde zusammen zu spielen. Hatte viel zu tun in letzter Zeit."

„Morgen Milan. Ja, ich bin auch froh, dass endlich geklappt hat. Wollen wir gleich loslegen?", entgegnete Martin ungeduldig.

„Alles klar. Dann fang ich mal an. Das bessere Handicap beginnt." Bei dieser Bemerkung wurde Martin rot und verlegen. Ja, hänge es noch an die große Glocke, dass du besser bist, du Mistkerl. Aber deine Überheblichkeit hat bald ein Ende.

Milan schlug elegant ab und sein Ball landete fast in der Nähe des Grüns und der Fahne. Zufrieden sammelte er sein Tee auf und beobachtete Martin bei seinem Abschlag. Dieser versuchte sich zu konzentrieren. Er holte aus, traf aber den Ball nicht richtig, der im Aus landete. Strafschlag. Das fängt ja super an. Laut fluchend holte sich Martin einen zweiten Ball aus dem Bag und schlug erneut ab. Dieses Mal klappte es besser und die Runde konnte beginnen.

„Schönes Spiel", sagte Milan freundlich, worauf Martin nur ein genervtes Ja erwiderte.

Der Golfplatz in den frühen Morgenstunden war wie immer ein traumhafter Ort. Man wurde eins mit der Umwelt und der Stille der Frühe und konnte wunderbar zu sich selbst finden. Auf den Bäumen zwitscherten die Vögel in ihren Nestern und ab und zu kreuzte ein Eichhörnchen den Weg der Golfer. Im Osten konnte man die Sonne beim Aufgehen beobachten und eine fantastische Aussicht auf die Hügellandschaft am Horizont genießen, während man mit jedem Schritt weiter in die Natur eintauchte.

Martin blendete diese Tatsache aus. Er hatte nur Milan im Kopf und versuchte fokussiert zu bleiben. Sie spielten die nächsten drei Löcher souverän runter. Milan war der bessere Golfspieler und hatte auch bis zum fünften Loch eine bessere Bilanz. Er wurde bei seinem Spiel jedoch weder überheblich noch arrogant. Ganz im Gegenteil. Er zögerte nicht, Martin für sein Spiel Tipps zu geben, ihm gut zuzureden und ihn für einen gelungenen Schlag sogar ausdrücklich zu loben. Martin ließ das jedoch kalt.

„Ah, ich soll dich übrigens ganz lieb von Marie grüßen", sagte Milan beiläufig, als er sich am sechsten Loch für seinen Abschlag vorbereitete.

„Mmh, wie geht's ihr so?", fragte Martin und versuchte dabei, sein brennendes Interesse so gut es ging runterzuspielen.

„Es geht ihr sehr gut, sie ist übers Wochenende mit zwei Freundinnen im Wellness-Urlaub. Sei ihr gegönnt. Erst vor kurzem hatte sie eine große Immobilie verkauft und ordentlich Provision dafür kassiert." Martin schluckte und drehte verlegen den Kopf zur Seite. Er konnte sich noch gut daran erinnern, dass Marie immer davon geträumt hatte, in der Immobilienbranche Karriere zu machen. Schien so als hätte sie es geschafft.

„Sie ist wirklich gut in dem was sie tut, und eine tolle Ehefrau noch dazu. Aber das weißt du ja", ergänzte Milan beiläufig und holte zum Abschlag aus. Martin spürte ein Stechen in der Brust. Die Eifersucht drang durch ihn durch wie ein Lavastrom und er konnte seine Wut und Verzweiflung kaum noch im Zaun halten. Was war nur los mit ihm? War in diesem Körper nichts mehr vorhanden außer Hass und Missgunst und Neid? Wo war der einst so erfolgreiche und sympathische Mann geblieben, der alles hatte und den alle liebten und geschätzt hatten? Er wich den Blicken von Milan aus. Er ertrug es nicht länger. In dessen Augen sah er nicht nur die Art von Mann, die er gern sein wollte, sondern auch gleichzeitig sein eigenes Versagen. Noch drei Löcher und alles hat ein Ende, dachte Martin und schob seinen Trolley konsequent vor sich her.

Am achten Loch sagte Milan etwas, was Martin aufhorchen ließ. „Wie geht es dir eigentlich so? Man spürt schon, dass etwas mit dir los ist, das dich etwas beschäftigt." Es war lange her, dass ihn jemand gefragt hatte, wie es ihm gehe, und dementsprechend hatte er auch keine schnelle Antwort auf die Frage.

„Gut", antwortete er knapp, und wusste, dass es genau die Art von Antwort war, die jeder hören wollte, die aber so gut wie immer eine Lüge war. Wie sollte es einem Mann schon gehen, der so gut wie alles, was ihm wichtig gewesen war, verloren hatte, der einsam und verlassen in einer kleinen Zwei-Zimmer-Wohnung vor sich hinvegetierte und nur darauf wartete, bis eines Tages ein Anwohner einen übel riechenden Geruch aus seiner Wohnung wahrnahm und das Elend endlich sein Ende gefunden hatte. Blöde Frage. Der hat leicht Reden, überlegte Martin und zeigte durch seine Teilnahmslosigkeit an, dass das kurze Gespräch hiermit beendet war.

Das neunte und letzte Loch auf dem Platz war eine kurze Bahn mit Par 3. Vom Abschlag bis zur Fahne waren es nur 145 Meter. Das relativ kleine Grün wurde links und rechts von zwei Bunkern verteidigt. Hinter den Bunkern waren dichte Hecken und vor einer Hecke ein weiteres großes, ca. zwei Meter langes und fünfzig Zentimeter tiefes Loch.

„Was ist da neben dem Bunker für eine komische Ausbuchtung?", fragte Milan verwirrt und bereitete sich auf den letzten Abschlag vor.

„Da war eine Wildschweinsuhle und wir mussten den Rasen neu besäen", antwortete Martin wie aus der Pistole geschossen. „Es wäre also besser, du setzt deinen Schlag etwas weiter rechts an."

Beide Abschläge landeten auf dem Grün. Sie packten ihre Schläger zurück ins Bag und liefen los. Die letzten einhundert Meter am heutigen Morgen. Martin lief dicht hinter Milan. Sein Blick war starr auf ihn gerichtet. Mit einer Hand schob er den Trolley vor sich. Die andere Hand griff bereits zu seinem Putter. Ein wuchtiger Schlag auf den Hinterkopf musste reichen. Sie erreichten das Grün. Milan kontrollierte die Lage seines Balles und bereitete akribisch seinen letzten Schlag vor. Martin interessierte sich nicht für seinen Ball. Unauffällig nahm er seinen Schläger und positionierte sich hinter Milan. Er atmete tief ein und holte aus, als sich Milan im gleichen Moment umdrehte. Geschickt wich er dem Schlag von Martin aus und gab ihm einen heftigen Faustschlag in die Magengrube. Martin blieb die Luft weg und er taumelte rückwärts in Richtung der Ausbuchtung. Milan hob seinen Schläger auf, holte aus und traf Martin so heftig am Kopf, dass dieser bewusstlos in die Grube fiel. Vollgepumpt mit Adrenalin sank Milan auf die Knie. Nach einer kurzen Pause stand er wieder auf und ging auf das Loch zu. Martin lag regungslos da, während das Blut aus sei-

nem Kopf lief. Milan versuchte Martins Puls zu fühlen. Vergeblich. Martin war tot.

Als Erika, die Sekretärin des Golfclubs, mit ihrem
kleinen VW Polo auf die Anlage fuhr, war bis auf
einen Parkplatz noch alles frei. Sie stieg aus dem
Wagen und ging in Richtung Clubhaus. Vor dem
Sekretariat nahm sie in aller Routine die morgendli-
che Liste an sich. Sie setzte sich an ihren Platz,
schaltete den Computer an und nippte vorsichtig an
ihrem Kaffee. Sie musterte die Liste mit einem ver-
haltenen und teilnahmslosen Blick und legte sie zu
den Akten.

Im gleichen Moment öffnete sich die Tür zum Sekretariat und ein Mann ging auf den Tresen zu. Erika wandte ihren Blick vom Monitor des Computers
ab und sah hinauf zum Tresen: „Guten Morgen,
Martin. Hab gesehen, dass du heute Morgen wieder
alleine draußen warst. Wie war deine Runde?

„Es lief ganz gut, aber wie du ja weißt, der größte
Gegner bei diesem Spiel wie auch im Leben ist man
immer selbst", meinte Martin mit einem Schmunzeln.

KATZENJAMMER

Ein Samstagabend wie mittlerweile jeder andere. Ralf ging in die Küche und bereitete alles vor. Da sowieso nicht mehr viel an diesem Tag passieren würde, musste die Jeans schon am späten Nachmittag der bequemen Jogginghose weichen. Er holte eine Tüte Chips aus dem Regal und füllte eine mittelgroße Schüssel mit deren Inhalt. Dann ging er zum Kühlschrank, griff nach einer Flasche Bier, öffnete sie mit einem Feuerzeug und schlenderte mit Schüssel und Flasche in Richtung Wohnzimmer. Auf dem Sofa machte er es sich bequem und positionierte seine Mitbringsel auf dem Beistelltisch. Er griff zur Fernbedienung und durchforstete teilnahmslos das Programm auf der Suche nach passender Unterhaltung für einen gleichgültig und träge gewordenen Mann. Er nahm einen großen Schluck Bier und eine Hand Voll Chips und lehnte sich langsam zurück. Es schien so, dass der Tag wiedermal auf diese Weise ein Ende finden würde.

Plötzlich trabte seine schwarze Katze ins Wohnzimmer und musterte die Umgebung, bevor sie langsam auf Ralf zukam und sich schnurrend einen Platz neben ihm auf dem Sofa aussuchte. Etwas genervt begann Ralf sie zu streicheln, hörte aber schnell wieder damit auf und stieß das Tier sanft zur Seite. Die Katze ging gemächlich in Richtung anderes Ende des Sofas, legte sich hin und schloss seine Augen. Ralf beobachtete sie noch kurz, bevor der Fernseher wieder seine volle Aufmerksamkeit bekam.

Keine zehn Minuten später öffnete das Tier ihre Augen wieder und starrte Ralf an. Dann begann sie zu sprechen: „Ich kann es langsam echt nicht mehr mit ansehen, wie du dich jeden Abend so gehen lässt. Wo ist dein Antrieb geblieben? Willst du auf diese Weise bis ans Ende deines Lebens vor dich hinvegetieren? Schau mich an. Ich bin eine Katze, und ich mache genau das, was Katzen so tun. Nicht mehr und nicht weniger. Ich schöpfe praktisch alle Möglichkeiten aus, die mir mein Dasein hergibt. Und was machst du? Ist das alles, was der Mensch mit sich anfangen kann? Jeden Abend sinnlos vor der Glotze sitzen? Ich glaube, du kannst viel mehr, was du früher auch bewiesen hast. Also lass dich nicht so hängen und mach was aus der Zeit, die dir geschenkt wird …"

Ralf zuckte zusammen und machte seine Augen auf. Er war wohl kurz eingenickt. Er schaute nach links zu seiner Katze. Abwechselnd mit offenen und geschlossen Augen döste sie sanft vor sich hin. Verwundert und regungslos saß er auf dem Sofa und dachte über das eben Gehörte nach. Er schaute auf die Uhr. Gerade mal kurz nach halb neun. Dann fasste er einen Entschluss! Er ging ins Schlafzimmer, zog sich seine Jeans an und suchte sich dazu ein weißes Hemd und eine schwarze Lederjacke aus. Es wirkte, als würde ein Superheld sein Kostüm überziehen. Zurück im Hausflur schlüpfte er in seine Stiefel, schnappte sich Handy, Geldbeutel und die Schlüssel, öffnet die Wohnungstür und ging hinaus in die Welt, um Gutes zu tun.

Die Katze blieb auf dem Sofa zurück. Sie hatte den Menschen die ganze Zeit über bei seiner Aufbruchstimmung beobachtet, und wenn sie zufrieden grinsen könnte, hätte sie es auch getan, aber Katzen machen so etwas ja nicht.

EIN HALBES LEBEN

Ein halbes Leben

Drehbuch für einen
Kurzfilm

von

Sven Stroh

Copyright by Sven Stroh

Ulmer Str. 123
73037 Göppingen

Fotokollage

CREDITS-OVER-SCENE

AUFBLENDE:

Es werden jeweils nach und nach Bilder aus dem bisherigen Leben von dem Protagonist WERNER ein- und wieder ausgeblendet. Bilder von der Kindheit, aus Teenagerzeiten, auf der Uni, mit Freunden, Familie, etc. Darüber werden die Credits zum Film eingeblendet.

Das letzte Bild zeigt Werner glücklich mit seiner Frau Arm in Arm.

ABBLENDE.

END OF CREDIT-OVER-SCENE

SCHLAFZIMMER - INNEN - TAG

Werner erwacht plötzlich wie aus einem Albtraum und richtet sich auf. Er reibt sich die Augen und blickt sich um. Das Bett neben ihm ist leer. Die Türen des Kleiderschrankes stehen offen. Ein Koffer fehlt.Er setzt sich auf die Bettkante und macht die Nachttischlampe an. Davor liegt sein goldener Ehering mit einem blauen Saphir. Er nimmt den Ring und schaut ihn sich an. Dahinter steht das Bild des Ehepaares vom Vorspann, eingerahmt.

Er versucht, sich den Ring wieder anzulegen, entscheidet sich dann doch anders und legt ihn ruckartig zurück auf den Tisch, das Bild fällt dabei nach vorne um.

BADEZIMMER - INNEN - TAG

Während er sich die Zähne putzt betrachtet er sich im Spiegel. Ein markantes Muttermahl unter dem rechten Auge ist zu erkennen. Sein Blick ist leer und müde.

KÜCHE - INNEN - TAG

Werner geht in die Küche und macht sich einen Kaffee. Er setzt sich an den Küchentisch und findet neben dem noch halb vollen Rotweingläsern vom Vorabend einen Zettel. Darauf steht:

Bin übers Wochenende zu meiner Mutter gezogen.
-Lydia-

Werner liest sich den Zettel mehrmals durch und streift sich dabei durchs Haar. Dann legt er den Zettel zurück auf den Tisch und trinkt weiter ohne Rührung seinen Kaffee aus.

SCHLAFZIMMER - INNEN - TAG

Werner geht zurück ins Schlafzimmer und zieht sich
für eine Runde joggen an. In Socken läuft er zurück
zum Eingangsbereiches Hauses und nimmt die Jog-
gingschuhe aus der Kommode.

VOR DER HAUSTÜRE - AUSSEN - TAG

Werner setzt sich auf den Treppenvorsatz vor der
Haustüre und zieht sich seine Schuhe an. Es ist ein
noch kühler Samstag Morgen im Herbst. Er stellt
sich seine Laufuhr ein, macht kurz ein paar Dehnübungen und läuft dann los.

WALD - AUSSEN - TAG

Werner kommt im Wald an und begibt sich auf seine
Route. Nach kurzer Zeit kommt er an einer Sitzbank
an. Dort liegt ein schreiendes BABY in Decken ein-
gehüllt. Er geht zu dem Baby hin und setzt sich daneben. Er schaut sich um und ruft um sich mit einem lauten HALLO. Niemand antwortet. Sein Blick
geht zum Baby. Er erkennt, dass es seinen Schnuller
verloren hat. Er steckt ihn wieder zurück in den
Mund und redet ruhig auf das Baby ein.

WERNER

Alles wird gut. Beruhige dich.
Es wird alles wieder gut.

Das Baby beruhigt sich tatsächlich und schläft ein.
Peter atmet auf. Er schaut sich nochmals um. Niemand da. Er nimmt das Baby in seine Arme. Immernoch schlafend, löst sich das Baby langsam in Luft auf.

Werner bleibt alleine zurück. Nach einem kurzen Moment des Innenhaltens steht er auf und joggt weiter seine Runde.

WALD - AUSSEN - TAG

Kurze Zeit später kommt er an einer weiteren Sitzbank vorbei. Darauf sitzt ein wütendes, weinendes 5-jähriges KIND. Werner setzt sich zu ihm.

WERNER

Was ist den los, Kleiner? Alles ok?

Das Kind blickt zu Werner rüber.

KIND
(mit verweintem Gesicht)

Nein. Ich kriege die blöde Jacke
nicht zu, und meine Handschuhe
nicht an.

WERNER

Soll ich dir vielleicht helfen?

Das Kind dreht sich verlegen weg und nickt dann
vorsichtig.

WERNER

Das stell dich mal auf und ich zeig
dir, wie man das mit dem Reiß-
verschluss macht. Das wichtigste
dabei ist, dass du drauf achtest,
dass sich der Verschluss nicht mit
dem Stoff der Jacke verkeilt, und
dass du den Schieber an den kleinen
Zähnchen hier gleichmäßig
nach oben schiebst. Siehst du?

Das Kind nickt Werner zu und beruhigt sich langsam.

WERNER

Bei den Handschuhen machst du
es so, dass du deine Hände so weit
wie möglich auseinander spreizt,
damit jeder Finger seinen Platz
finden kann. Verstanden?

Wieder ein Nicken.

WERNER

Mit ein bisschen Übung be
kommst du es schon raus. Das hat
noch jeder gelernt bis jetzt.
Bleib geduldig und versuch es weiter.

KIND

Danke.

Fertig angezogen rennt das Kind zurück in den
Wald. Werner schaut ihm hinterher und sieht, wie es
sich langsam dabei in Luft auflöst.

BAUMSTAMM - AUSSEN - TAG

Auf seiner weiteren Route kommt Werner kurze Zeit
später an einem großen Baumstamm vorbei. Auf
ihm sitzt eine JUNGE mit etwa 10-Jahren. Er schaut
frustriert zu Boden. Werner bleibt auf dem Weg stehen und ruft ihm zu.

WERNER

Hey Junge. Alles klar bei dir?
Bist du alleine hier?

Der Junge blickt zu Werner auf und wieder zu Boden. Keine Reaktion. Werner geht langsam zu ihm
und setzt sich ebenfalls auf den Stamm.

WERNER

Du kannst es ruhig sagen. Ich wollte gerade
eh eine Pause machen. Bin nicht ganz fit
heute morgen.

JUNGE
(überlegt kurz)

Ich hatte Stress in der Schule mit
einem aus der Klasse. Dann haben wir
gekämpft und jetzt habe ich ne heftige
Strafarbeit bekommen.
Und ein Brief an meine Eltern.

WERNER

Und jetzt traust du dich nicht
heim, richtig?

JUNGE

Doch schon, aber ich habe es
meinen Eltern noch nicht erzählt.

WERNER

Das kann ich gut verstehen. Aber
glaube mir eins. Man kann un-
möglich alles richtig machen im
Leben. Dazu ist es viel zu komplex.
Fehler gehören dazu. Wichtig ist
nur, dass du deine Lehren daraus

ziehst. Vielleicht kannst du einen
Streit das nächste Mal anders lösen.

JUNGE

Aber meine Eltern werden
verdammt wütend sein.

WERNER

Mit Sicherheit. Aber sie werden
auch Verständnis haben, wenn du
ehrlich zu ihnen bist. Die haben
auch Mist gebaut früher, oder was
glaubst du?

Ein verlegenes Lächeln des Jungen.

WERNER

Das wird schon. Geh nach Hause
zu ihnen.

Der Junge blickt langsam nach oben und schaut
Werner in die Augen. Werner schaut den Jungen an
und erkennt plötzlich das Muttermahl am rechten
Auge des Jungen. Eine kleine Pause.

JUNGE

Ich hoffe, Sie haben Recht.Dann
geh ich mal los. Danke Ihnen.

Der Junge sprintet den Weg entlang, auf dem Werner gekommen war, während er sich langsam auflöst.

WALDBANK - AUSSEN - TAG

Werner joggt weiter. Auf der nächsten Bank sitzt ein JUNGER MANN Mitte 20. Werner hält an, erkennt ihn sofort und setzt sich ohne zu Fragen zu ihm.

> WERNER
> (reibt sich die Hände)

Schöner Morgen, oder? Nur noch etwas frisch.

> JUNGER MANN
> (abweisend)

Ja kann sein.

> WERNER

Nicht so einfach das mit der Liebe, was?

> JUNGER MANN
> (etwas verwundert)

Woher wissen Sie das?

> WERNER

Ach, nur so geraten. Ein junger,
hübscher Mann sitzt an einem
Samstag morgen alleine im Wald.
Das kann nur zwei Gründe haben.
Entweder hat seine Lieblingsmannschaft
verloren, oder es geht um eine Frau.

JUNGER MANN
(nach einer kurzen Pause)

Keine Ahnung. Es hat irgendwie
nicht mehr funktioniert. Es tut weh.

WERNER

Ja ich weiß. Gefühle sind vergänglich
manchmal. Dagegen kommst du nicht an.
Es ist verdammt schwer, den richtigen
Menschen für sein Leben zu finden.

JUNGER MANN

So langsam glaub ich, es wird nie
passieren.

WERNER

Ein gebrochenes Herz ist nicht tot.
Vergiss das nicht. Nimm dir die
Zeit, die du brauchst, um die
Sache zu verarbeiten. Eine Zeit des
Trauern ist vollkommen
in Ordnung. Schließlich hatte die
es auch eine gewisse Bedeutung
für dich.

JUNGER MANN

Ja schon irgendwie. Trotzdem
fühlt es sich scheiße an gerade.

WERNER

Es ist ok, glaub mir. Aber so blöd es
klingt, es kommen auch wieder
andere Zeiten. Das Ganze hat auch
was Gutes. Du wirst in Zukunft
schneller erkennen, für was es sich
zu kämpfen lohnt und für was man
eher nicht seine Energie verschwendet.

Werner macht eine kurze Pause. Dann schaut er mit
einem kleinen Lächeln den jungen Mann an.

Und glaube mir, es wird jemand
neues kommen irgendwann und du wirst
glücklich sein.

Beide sitzen nun schweigend eine Weile nebenein-
ander mit dem Blick nach vorne. Dann steht der
junge Mann langsam auf, bedankt sich bei Werner
und geht mit den Händen in den Hosentaschen langsam den Weg entlang bis zu seiner Auflösung. Werner beobachtet ihn solange er kann.

WALDBANK LICHTUNG - AUSSEN - TAG

Nach der Begegnung mit seinem 25 Jährigen Ich
joggt Werner langsam wieder los. Am Ende des
Waldstückes kommt er auf eine Lichtung, wo man
einen fantastischen Ausblick bis zu dem Hügeln am
Horizont hat. Die Sonne scheint. Ein immer schöner
werdender Herbstmorgen. Auf der Lichtung steht
eine weitere Bank für Spaziergänger. Werner setzt
sich etwas erschöpft hin und schaut in die Ferne.
Aus dem Wald kommt plötzlich langsam ein AL-
TER MANN mit Hut und Spazierstock auf Werner
zu. Vor der Bank macht er halt und setzt sich neben
Werner hin.

ALTER MANN

Guten Morgen. Ein herrlicher
Herbsttag, nicht wahr.

WERNER

Ja. Und ein seltsamer noch dazu.

ALTER MANN

Ist nicht jeder Tag irgendwie
seltsam? Gestern meinte man
noch, alles wäre ok und von einem
Tag auf den anderen steht die
eigene Welt auf einmal Kopf.

WERNER

Ja. Komisch manchmal. Und
dann weiß man nicht wie es
weitergehen soll, weil irgendwie
alle Wege verschwommen sind.

ALTER MANN

Aber die Wege sind noch da.
Zumindest einer mit Sicherheit. Es
gibt immer wieder Momente im
Leben, wo man festhängt, keinen
Ausweg sieht. Und dann, oh
Wunder, passiert es doch irgend
wie. Oder etwa nicht?

Werner schweigt und überlegt. Der alte Mann
spricht weiter.

Bei allen Problemen im Leben, ist
man selber immer ein großer Teil
davon. Vielleicht besteht die
Lösung darin, sein eigenes Ego
hinten anzustellen und die Sache
mal etwas pragmatisch anzugehen.
So macht man es ja auch,
wenn man anderen bei ihren
Schwierigkeiten hilft. Meistens
stehen wir uns immer selbst im Weg.

WERNER

Da ist was dran. Aber wie schaff ich es,
bei mir selbst anzukommen?

ALTER MANN

Es kommt eine Zeit im Leben
eines Mannes, in der es viel
 wichtiger ist, sich selbst etwas zurück zu
nehmen zum Wohle der anderen Menschen
in seinem Leben. Darin liegt die wahre
innere Zufriedenheit und vielleicht auch
seine Bestimmung. Sie werden es
sicher bald rausfinden.

Der alte Mann stützt sich auf seinen Gehstock und
erhebt sich von der Bank.

Danke für das nette Gespräch.
Aber ich muss jetzt weiter, sonst
schimpft mich wieder meine Frau.
(lächelt dabei sanft)

Der alte Mann reicht Werner zum Abschied die
Hand. Dabei erkennt Werner seinen goldenen Ehe-
ring mit dem blauen Saphir. Der alte Mann zieht
seine Mütze zurecht und läuft links den Weg entlang
Richtung Tal. Werner schaut ihm nach. Dann ein
kurzer Blick nach unten.
Werner erkennt, dass der alte Mann mit seinem
Stock während des Gesprächs eine Nachricht in den
Sand geschrieben hatte.

RUF SIE AN

Steht dort in großen Buchstaben im Sand. Als Werner wieder aufblickt, ist der alte Mann bereits verschwunden. Er blickt in die Weite des Horizonts. Dann greift er mit einem Schmunzeln zur Tasche, holt sein Handy heraus und wählt die Nummer von Lydia…

ABBLENDE.

___ENDE___

DIE BRÜCKE

Einsam und alleine wanderte er durch ein wüstes
Ödland. Um ihn herum nichts als verbrannte Bäume
und Sträucher, der Boden kahl und unfruchtbar. Die
Luft stickig und trüb, ein stinkender Schwaden, der
die Sinne vernebelte. Es war nicht lebenswert hier,
gab keinen Grund zu bleiben, und trotzdem waren
seine Beine schwer und seine Kräfte dem Ende nah.
Sein Leben war furchtbar anstrengend, zumindest
empfand er das so und es gab nicht ausreichend genug Dinge, die ihm Freude bereiteten, um diese innere Leere zu kompensieren. Einen Entschluss hatte
er jedenfalls gefasst. Es konnte so nicht weiter gehen. Es musste sich was ändern. Dann fing er an zu
laufen, ohne ein konkretes Ziel zu haben.
Nach mehreren Stunden voller Mühsal und Qualen
konnte er am Horizont etwas erkennen. Er sah eine
Brücke, die sich elegant über einen tosenden Fluss
schwang. Sie bestand aus weißem Kalkstein und
war das Schönste, was er seit Stunden gesehen hatte. Sie hatte etwas positives und strahlte Zuversicht
und Freude aus. Langsam näherte er sich der Brücke
und setzte sich direkt neben ihr an den Uferrand des
Flusses. Das Wasser war schwarz und kalt. Eine
raue Masse an Wellen und Stromschnellen, die wild
und unzähmbar ins Tal hinunter rauschten. Der
Fluss machte ihm Angst. Er betrachtete sein Spiegelbild im Wasser und konnte die Probleme in seinem Leben gut erkennen. Die Vergangenheit holte
ihn wieder ein, und dann war es immer schwer, nach
vorne zu blicken. Er wurde wieder schwach und
müde. Die Strudel der Selbstzweifel zogen ihn an,

die Stromschnellen der Unzufriedenheit waren kurz davor, ihn mitzureißen. Er schloss die Augen und atmete tief ein. Dann schaute er zur Brücke. Es begann zu regnen und stürmen. Völlig durchnässt stand er auf und ging zu ihrem Anfang, wo er ein Schild erkennen konnte auf der folgendes geschrieben stand:

Neues Leben in ungefähr 1000 Schritten.

Der Regen wurde stärker und er konnte den säuerlichen Geschmack des Wassers auf seinen Lippen wahrnehmen. Er schaute nochmal zurück. Ein letzter Blick in die Vergangenheit eines unvollständigen Lebens. Dann drehte er sich wieder zur Brücke um. Ihre Wölbung war steil und das andere Ende nicht zu erkennen. Er versuchte einen ersten vorsichtigen Schritt auf die Brücke zu machen aber seine Beine waren wie festgewachsen. Der erste Schritt ist immer der schwerste. Das war ihm durchaus bewusst und deshalb nahm er alle Kraft zusammen, die noch in seinem durchnässten Körper steckte und setze mit Mühe und Not einen Fuß auf die Brücke. Es war wie eine Befreiung. Er zog das andere Bein nach. Dann noch ein Schritt. Und noch einen.
Eine Leichtigkeit durchströmte seinen Körper und die Zuversicht kam zurück. Auf halben Weg angekommen, konnte er zum ersten Mal das andere Ende sehen und traute seinen Augen nicht. Eine wunderschöne in saftigen Farben getauchte Landschaft mit Bergen, Wiesen, Bäumen und Feldern. Die Wolken verflogen langsam und die Sonne strahlte in sein Gesicht. Mit einem Grinsen machte er die letzten der ungefähr tausend Schritte und ging zum anderen Ende der Brücke. Dort sank er vollkommen er-

schöpft aber glücklich zu Boden. Die Wolken verzogen sich langsam und der Sturm hatte sich gelegt. Auch der Fluss beruhigte sich und die einst schwarzen und tosenden Wellen wichen einem sanften und beruhigenden Blau, das leise vor sich hin plätscherte. Er blieb noch einen Augenblick liegen und atmete die frische Luft ein. Er spürte, wie die Energie durch seinen Körper floss und fühlte sich lebendiger als je zuvor. Dann stand er auf und ging frohen Mutes in sein neues Leben. Als er einen letzten Blick zurückwarf, konnte er in der Ferne erkennen, wie die Brücke langsam einstürzte.

GEDICHTE

HINTER DEN WOLKEN

Da ist etwas, ich weiß es genau
Vollkommene Schönheit, wie himmelblau.
Verloren im Trüben, vergessene Welt
Ein stiller Vorhang, der nicht mehr fällt.

Es ist sicher da, ich erinnere mich
Lebendig allein beim Gedanken an dich.
Gefangen im Trubel des traurigen Seins
Will es schnell finden weil es ist meins.

Hinter den Wolken, es kommt eine Zeit
Wenn ein tosender Sturm es endlich befreit.
Ein einsames Lächeln so unentdeckt
Verschleiert, verloren, nie wieder versteckt.

LIEBE

Wie eine Vase aus Gold, so steht sie da
Schön prächtig, ganz glänzend und wunderbar.
Ein starker Körper, der zwei Blumen beschützt
Sie bindet, vereinigt und stets unterstützt.

Wie unter tosendem Wasser, ein fester Steg
Vertraulich leitend zum gemeinsamen Weg.
Im Gleichschritt voran, hinaus in die Welt
So sicher und rein, dass garantiert niemand fällt.

Wie eine Wiege, geduldig sanft schaukelnd umher
Die Stille begleitend, ein träumendes Meer.
In leiser Umgebung, unbestreitbar bewacht
Das kleine Ergebnis ihrer vollendeten Macht.

GLÜCK

Ein schwieriges Thema
Ganz langsam heran
Kein gleichmäßiges Schema
Was ist nur daran?

Nur ein kurzer Spot
So hell und so klar
Dann weichend dem Trott
Und flüchtig fürwahr.

Es ist nicht beständig
Warum frag ich mich?
Das Schicksal nicht gnädig
Abhängig von sich.

Ein Kommen und Gehen
Im Jetzt ganz gefangen
Dann geht es - nur flehen
Schon wieder vergangen.

Man will es zurück
Eine Gefühl ganz warm
Wenn auch nur ein Stück
Wieder reich und nicht arm.

So wertvoll auf Erden
Zerbrechlich im Bann
Sensibel im Werden
Fass es vorsichtig an.

Der Versuch es zu halten
Mit dem Herzen gefangen
Ein leises Verwalten
Und ständiges Bangen.

Der Schmetterling geht
Oder bleibt in der Hand
Für was er auch steht
Lass ihn über den Rand.

(M)EIN LEBEN FÜR DICH

Vier Blätter gefallen vom süßen Klee
Hast alles verteilt, unfassbare Gier.
für dich fest gesichert, ein riesiger See
Geb' ich es zurück und teile mit dir.

Deine Erde im Wanken, es schwindet die Kraft
Ein Herz schwer, verletzlich auf eigene Art.
Meine Arme wie Säulen so felsenhaft
Stützen es fest, dieses Wesen so zart.

Das Leben ist laut, kaum noch Melodie
Vergessene Stimme, mit Gefühlen ganz klar.
Ich lausche gebannt deiner Symphonie
Mein Ohr fängt sie ein, leise Worte so wahr.

Eine Welt prompt verloren aus deiner Sicht
Nur noch dunkel und trübe dein Jetzt und Hier.
Ich kenne den Weg, der zurückführt zum Licht
Komm' nimm meine Hand und folge mir.

DIE ANDERE SEITE

Alle haben es in der eigenen Hand
Das kleine Gerät, das die Welt bedeutet.
Halten sich auf hinter der gläsernen Wand
Ein zweites Leben, das sich leise andeutet.

Der letzte Blick in die nahe Umgebung
Dann die Augen nach unten, es geht endlich los.
Das Dasein schrumpft, bekommt keine Belebung.
Verlorenes Hier, nur noch minimal groß.

Nun sind sie weit weg, bin alleine im Feld.
Ich lege die Fesseln jetzt endlich ab.
Ich schau in die Ferne, perfekt diese Welt.
Und es wird mir bewusst, die Zeit ist so knapp.

Die Sonne geht unter, bin der Schönheit erlegen
Ein Moment zum Genießen in unendlicher Weite.
Jetzt muss es schnell gehen, ein Wiederbeleben
Will das sie zurückkommen auf die andere Seite

SONNE, MOND & STERNE

Wie die Sonne, so prächtig und groß,
Eine wärmendes Licht, sanft schaukelnd im Schoß
Im Zentrum des Seins, ein Leben fängt an,
Und hört dort auch leise auf, irgendwann.
Ein geschlossener Kreis, für immer beisammen
Weil alle aus der gleichen Quelle entstammen.

Wie der Mond, stets wandelnd in seiner Pracht
Aber immer präsent mit vollendeter Macht.
Ein Bindung, die kommt und manchmal geht
Oft stetig wächst und für immer besteht.
Zwei Wege für ewig im Kreis um die Erde
Gemeinsam ein Ziel, was immer auch werde.

Wie die Sterne, so leuchtend funkelnd gesehen
Schwirren sie um uns, sind voller Ideen.
Ihr Leuchten ein Lächeln, ganz ehrlich und rein
In Wahrheit so riesig, im Auge noch klein.
Vollkommene Schönheit bei Einbruch der Nacht
Die sanfte Unschuld, für immer bewacht.

GEMEINSAME WELT

Wahre Worte, sie laufen ins Leere
Viele Sätze, ein Opfer der Schere.
Uns spaltend in zwei einsame Welten,
In denen prompt andere Regeln gelten.

Jetzt ist man im Hier, und alleine zurück.
Das Ego gesiegt für ein Augenblick.
Auf Dauer jedoch für immer verloren
In Wahrheit für etwas Gutes erkoren.

Man muss ihn nur lernen, Stück für Stück
Von sich selbst etwas weg, diesen Schritt zurück.
Der Weg ist nun frei, die Schranken sind offen
Das Leben so neu, voller Freude und Hoffen.

Stille jetzt, Verständnis, Respekt.
Mit dem Herzen dabei und deshalb perfekt.
Zwei einzelne Leben vom Schicksal bestellt
Nun endlich vereint, eine gemeinsame Welt.

LEISE BEGLEITERIN

Unbezahlbar mit Geld
Verfliegst wie der Wind
Eine so schnelle Welt
Wie ein rennendes Kind

Läufst ohne Erbarmen
Es bleiben die Wunden
Als Gefühle aufkamen
Keine Lösung gefunden

Dann kommt sie doch
Die ersehnte Heilung
Heraus aus dem Loch
Eine Welt ohne Teilung

Mal bist du so viel

Mal leider zu wenig

Ein ständiges Spiel

Auf immer und ewig

Mich leise begleitend

Keine Pause von dir

Auf dem Wege uns leitend

Gehörst jedem und mir

Ein großes Geschenk

Kein Sinn fürs Vergeuden

Und sehr oft, ich denk`

Bringst doch so viel Freunden

VERSETZT

Die Augen sind zu
Die Gedanken ganz warm
Im Kopf lauerst du
Wie ein tanzender Schwarm.

Geduldiges Warten
Wie ein Sklave der Zeit
Der Moment, er kann starten
Bin freudig bereit.

Stunden vergehen
Die Zeiger wie Blei
Nur schwer zu verstehen
Der Platz ist noch frei.

Eine einst große Hülle
Voller Hoffnung das Haus
Verliert seine Fülle
Wie ein Strom rauscht es raus.

Du bleibst eine Fremde
Es ist leider wahr
Das Warten zu Ende
Außer mir niemand da.

GLEICHES BLUT

Der sichere Ort, wie ein schützendes Zelt
Eine Lösung für vieles und jeden Moment
Geduldige Antwort auf die Fragen der Welt
Löschende Wellen, wenn das Innere brennt.

Eben noch winzig, menschlich erlesen
Ein Abbild des Spiegels, vom gleichen Blut
Der ganze Stolz, das wachsende Wesen
Inspirierende Quelle, unerschrockener Mut.

Ohne Zweifel erhaben, der passende Rat
Bewundernswert, diese innere Ruhe
Unterstützende Hand, genügsame Tat
Beschützend das Herz in sicherer Truhe.

Wachsende Worte, wie Musik die Gedanken
Vollkommenes Glück, das sanfte Streben
Das Leben zu Füßen, ein Weg ohne Schranken
Unzweifelhaft sicher, ein Grund zum Leben.

WORTE FEHLEN

Das alte Dasein, ganz plötzlich vorbei
Ein verlassenes Herz, erwachend und frei.
Dein Leben so klar und deutlich zu sehen
Unfassbar im Anblick, dass Worte fehlen.

Meine Blicke einst arm, endlich wieder reich
Ein strahlendes Antlitz, der Sonne gleich.
Perfekt wie der Rhythmus der Wellen im Meer
Dein Gang, eine Anmut, keine Worte dafür.

Deine Augen sie wandern, hinein in das Tal
Kannst sie erkennen, die innere Qual.
Eine Güte befreiend, sehe wieder das Licht
Ein stiller Moment, Worte gibt's dafür nicht.

Noch sind wir entfernt, im Raum voller Leute
Unsere Blicke gefangen, eine sichere Beute.
Es fehlt nur ein Schritt zur gemeinsamen Pforte
Was Liebe dann macht, es braucht keine Worte.

VERBUNDEN

Die Stühle am Tisch, es sind deren vier
Nur einer besetzt, sonst keiner mehr hier.
Ein Raum voller Lachen, es fehlen jetzt drei
Das bunte Treiben, wie ein farbloser Mai.

Die Schuhe im Flur, es waren mal acht
Auf gemeinsamen Weg, ein Ziel ausgedacht.
Nun leer dieser Ort, geblieben sind zwei
Auf einsamem Pfad, am Leben vorbei.

Ein Gedanke ans Glück, gesprochen ganz laut
Gemeinsam erkämpft, zusammen erbaut.
Zerbrochen am Schicksal, am Boden verstreut
Vier Teile geworden, verloren erneut.

Und trotzdem, es bleibt was und mildert Sorgen
Vier Seelen verbindend, im Inneren verborgen.
Unsichtbar und fest, ein magisches Band,
Der Abstand bleibt klein, stets greifbar die Hand.

DEIN WESEN

Wie Feuer und Flamme, die Leidenschaft
Wie wahrhaft und ehrlich, der Worte Kraft.
Wie schön und bezaubernd, dein sanftes Gemüt
Wie farbfroh und bunt, eine Blume erblüht.

So emphatisch, sensibel, ein reines Gefühl
So sachlich, pragmatisch, zur Lösung ganz kühl
So leidend und fühlend, dein klarer Verstand
So mühevoll, kraftvoll, ein riesiger Aufwand.

Es ist einfach wahr, viele Worte dafür
Die Kunst eines Lebens, dein feines Gespür.
Für mich ganz vollkommen, perfekt und genial
Ideal, original und so phänomenal.

KINDERBILD

In der Seele des Kindes entsteht eine Welt
Drei Blumen zu sehen, am Kopfe ganz gelb.
Mit kräftigen Blättern, hinaus aus dem Boden
Der Sonne verwandt, das Streben nach oben.

Am Himmel da steht sie, in rot getaucht
Ganz blass in ihr drin, was sie wohl nur braucht?
Das Gelb ganz verloren, so viel schon gegeben
Ein langsamer Abschied, ein stetes Leben.

Zentral in der Mitte, da steht er ganz froh
Ein „Irgendwer" Mensch, im Hier einfach so.
Schön Schmausend, die krumme Frucht in der Hand
Lächelnd, zufrieden, ein vollkommenes Land.

Kleiner als alles, was heißt das wohl?
Dem Herzen entsprungen, ein klares Symbol.
Das Wunder der Erde, viel größer als wir
Und daneben ein Rabe, überwachendes Tier.

*Bild dazu auf Seite 102

89

DIE ARBEITERIN

Aus der Königin Schoß
Eine leise Geburt.
Die Aufgaben groß
Das Dasein absurd.

Ein kurzes Leben
Die Leistungen viel.
Fliegen und pflegen
Für ein höheres Ziel.

Sie halten zusammen
Tanzen und summen.
Das Volk ganz beisammen
Alle Zweifel verstummen.

Das süße Gold
So mühsam entstanden.
Ein großer Erfolg
In Fülle vorhanden.

So klein und doch wichtig
Aufopferungsvoll.
Der Gemeinsamkeit pflichtig
Ohne Jammern und Groll.

Nach Wochen der Arbeit
Ganz ohne Applaus
Erschöpft und bereit
Das Licht, es geht aus.

HOFFNUNG

Viele Zweifel und Fragen
Eine Welt ganz vernetzt.
Es bleibt nichts als wagen
Hohen Einsatz gesetzt.

Ein ehrliches Mühen
Das Ergebnis entsetzt.
Die Blumen verblühen
Ein tiefgraues Jetzt.

Kein Handeln bereut
Das Herz fest besetzt.
Die Gefühle verstreut
Vom Schicksal versetzt.

Der Versuch, gut zu sein
In einer Welt, die verletzt
Ein Gewissen ganz rein
Denn sie stirbt zuletzt.

SCHWARZ AUF WEISS

Der Mund, er steht offen
Texte sprudeln heraus.
Ein Bangen und Hoffen
Und Zweifel durchaus.

Was Sätze bedeuten
Ein gefährliches Feld..
Die Alarmglocken läuten
Ein verschleierter Held.

Eine Waffe ganz prächtig
Große Worte im Fluss.
Unfassbar und mächtig
Bis zum bitteren Schluss.

Man hat dran geglaubt
Die Verletzbarkeit groß.
Sinne wurden geraubt
Nun versunken im Schoß.

Wie schwarz auf weiß
Ganz süßlich und rein.
Zur Wahrheit mit Fleiß
So sollte es sein.

NIE GESAGT

Ich brauch dich wahrhaftig
Wie die Lungen die Luft.
Mein Dasein leibhaftig
Ganz tief in der Gruft.

Ich will dich empfindlich
Wie das Herz frisches Blut.
Mein Körper verbindlich
Leidenschaftliche Glut.

Du fehlst mir unendlich
Wie den Augen der Glanz.
Ohne Licht mehr als deutlich
Tiefes Schwarz, null Substanz.

Eine Geisel der Zeit
Viele Worte vertagt.
Es tut mir so Leid
Ich hab's nie gesagt.

SPIEGELBILD

Vertrau' mir nicht selber
Was ist nur passiert?
Überall leere Felder
Kein Platz reserviert.

Mein Wesen und Bild
Verschleiert im Nebel
Ein einst starkes Schild
Nun verbeult, wenig edel.

Ich steh' vor dem Spiegel
Es passiert unbewusst.
Eingerollt wie ein Igel
Ich hab's nicht gewusst.

Ein einst stolzer Anblick
Wie weit soll es noch gehen?
Dreh mich um, weich zurück
Ich will mich nicht sehen.

DIE LEHRERIN

Es gibt da jemand, die es kann
Mit viel Geduld, geht klar voran.
Die kleinen folgen, sehen zu
Und lernen stets so viel dazu.

Es braucht so eine jeden Tag
Die was sie tut auch wirklich mag.
Der Blick nach oben zu ihr hin
Für Kinder mehr als nur Gewinn.

ALLES WIRD GUT

Und wenn es ausweglos erscheint
Ein Leben, das nur noch verneint.
Man nur schwarz sieht und nicht weiß
Es wird schon werden, zahl den Preis.

Und wenn der Sinn abhanden kommt
Im Hier und ohne Lösung prompt.
Man keinen Ausweg mehr erkennt
Erscheint ganz plötzlich der Moment.

Und wenn es zwecklos scheinen mag
Ein inhaltsleerer, trüber Tag.
Sich selber nur noch hinterfragt
Sei einfach stolz, genug geplagt.

Und wenn du es mal anders siehst
Vor allen deinen Zweifeln fliehst.
Du wirst schon sehn, es ist so leicht
Greifbares Glück, mehr als vielleicht.

PAUSE

Ein tosender Sturm
Ganz unruhig das Meer.
Kein Leuchten im Turm
Der Ausweg fällt schwer.

Ein starkes Gewitter
Die Wolken so grau.
Ein Leben ganz bitter
Ich weiß nicht genau.

Ein platzender Regen
Verschleiert die Sicht.
Vergebliches Streben
Ein leeres Gesicht.

Gedankenverloren
Ich brauch eine Pause.
Von neuem geboren
Wieder zu mir nach Hause.

Ein sonniger Tag
Das Leben, es strahlt.
Kann tun was ich mag
So schön, wie gemalt.

ESKAPISMUS

In schwindelnder Höhe, steh ich auf dem Berg
Die Weitsicht unglaublich, unfassbares Werk.
In einsamer Stille, im Herzen ganz klar
Das Wunder der Erde zu Füßen fürwahr.

In weiter Ferne, da sitz ich am Strand
Spüre ihn deutlich, den weichen Sand.
Die Wellen sie brechen, berühren die Zehen
Ein Meer voller Schönheit, sehnsüchtiges Flehen.

Inmitten der Wiese, da lieg ich ganz weich
Eine Brise von Düften so süßlich und reich.
Das sanfte Rauschen der Gräser im Wind
Bin gelassen und frei wie ein glückliches Kind.

In der Tiefe der Nacht, da bist du bei mir
Vollkommenheit, ich fühl sie dank dir.
Von Liebe erfüllt im geschlossenen Raum
Will ihn so sehr behalten, den süßen Traum.

Ich öffne die Augen, und seh' es so klar
Unbändiges Streben in Wirklichkeit wahr.
Ganz schwer noch zu zügeln die natürliche Gier
Will überall sein, nur eben nicht hier.

www.sven-stroh.de

GLÜCK

ist wie ein Schmetterling.
Wenn du es zu fest einfängst
dann geht es kaputt.
Hälst du es zu locker dann
fliegt es weg.

sven stroh

KINDERBILD

*von Malo Stroh. Gemalt im Februar 2021

sven stroh

SCHWARZ AUF WEISS
ERZÄHLUNGEN UND GEDICHTE

Zeitfracht Medien GmbH
Ferdinand-Jühlke-Straße 7
99095 Erfurt, Deutschland
produktsicherheit@kolibri360.de